沖田 円

怪異相談処
がらくた堂奇譚

実業之日本社

実業之日本社文庫

目次

第一話　山彦の家　7
第二話　少女の箱庭　97
第三話　深海の目　185

行かなきゃ、と、少年は言った。

近頃時折見せていた、心がここに無いかのような虚《うつ》ろな瞳ではなく、確かに彼の意思の宿った視線を向け、微笑《ほほえ》みながら彼の片割れへそう告げた。

もしも——もしもそのときの少年の目が虚ろであったならば。彼の言葉が、彼のものではないとはっきりと言えたならば、片割れは彼を止めただろう。腕を掴《つか》み、体を縛り上げ部屋に閉じ込めてでも、少年をあちらへ行かせたりはしなかった。

いや、本当は、少年の本意であっても行かせるつもりなどなかったのだ。行かせるべきではなかった。けれど片割れは、どうしてか、少年を止めることができなかった。

ここで手を離せばもう二度と会えないことを、お互いにわかっていながら。決して正しい道ではないことも、お互いにわかっていながら。片割れは、少年を引き留めることができなかった。

未来はもう、とっくに決まっていたのかもしれない。

祖父の店の地下倉庫で、見つけてはいけなかった小瓶を少年が見つけたあの日から。少年の心は囚《とら》われ、そして、あちらのものになってしまっていたのだ。

行かなきゃと、少年が片割れに告げた日の翌日。

早朝に、少年は姿を消した。

少年が大事に持っていた小瓶も——碧《あお》の海水に浸かった、不気味な虹色に輝く大きな鱗《うろこ》も、少年と共に消えていた。


それから十六年。片割れは今も、少年を行かせたことを後悔していた。

そして捜している。この世ではないどこかへと——神のもとへと、消えてしまった少年の行方を。

双子の弟を、片割れは今も、捜し続けている。

第一話　山彦の家

ドアに鍵を掛けてから、アパートの錆《さ》びた鉄骨階段を駆け下りる。地面は昨夜降った雨でぬかるんでおり、スニーカーに泥が跳ねたが、元より汚れていたので気にしない。柱に繋《つな》いだワイヤーロックを外して、遊馬悠人《あすまゆうと》は、中古で買った愛用のロードバイクに跨《また》がった。

「おはよう遊馬くん。いってらっしゃい、気をつけてね」

一〇一号室から、大家のおばあさんがじょうろを手に外に出てきた。

「おはようございます。いってきます」

遊馬は大家さんに手を振り、右足でペダルを踏み込む。細いタイヤは軽快な音を立て、水溜《みずた》まりの上を進んでいく。

この道が通勤路となり早半年。もう通い慣れたと言ってもいいだろう。午前七時半に家を出て、四角いリュックサックを背負うサラリーマンや、揃《そろ》いの制服を着て歩く学生たちを追い越していく。

線路沿いを走って行くと、やがて最寄り駅が見えてきた。人の波は駅構内へと吸い込まれていくが、遊馬は駅を横目に通り過ぎ、その向こうにある踏切を渡る。線路を越えた先には、地元民御用達のアーケード商店街の入り口があった。遊馬はロードバイクの速度を落とし、商店街の中へとハンドルを切る。

昼前には多少賑《にぎ》やかにもなるが、まだ開いている店の少ないこの時間、商店街を行く人はまばらだった。遊馬は速度を落としながらタイル舗装の道を進み、角にお洒落《しゃれ》なスペインバルのある小さな交差点で左折して、次の角で今度は右折、メイン通りの裏の、常に静かな細い通りを進んでいく。

その通りにも、商店が多く並んでいた。もう何十年も続いているような古い店ばかりで、外壁の剝がれた金物屋や、商品の変わらない靴屋、米寿を迎えたらしい店主の営む書店に、意外とマニアに人気のレコード店などが軒を連ねている。

東京の、都心部から随分離れた古い地区。道に沿い隙間なく建物の立つ中に、ひと際年季の入った古民家が一軒建っている。

築年数はどれほどになるのだろうか、黒ずんだ木造の壁は、けれど見た目よりは丈夫なのだと、この建物の持ち主は言う。

遊馬は古民家の前にロードバイクを止めた。通りに面した一階の硝子戸《がらすど》はぴたりと閉じているが、鍵は掛かっておらず、手を掛ければつっかえながらも左右に開く。

中には、物が所狭しと並んでいた。棚や台の上に雑多に転がされた小物から、床に直《じか》に置かれた重たいものまで。煙管《きせる》、オルゴール、時計、人形。ストーブ、水瓶《みずがめ》、信楽焼《しがらきやき》の狸《たぬき》に、不気味な絵画。

それぞれに繋がりなどなく、規則性を探しても無駄だった。とにかくあらゆる物が――現家主の祖父が独断と偏見で集め続けた世界中のあらゆる物が、この十坪ほどの空間を、乱雑に埋め尽くしている。

売られている。

この薄暗く埃《ほこり》っぽい、小さな店の中で。

「おはようございまぁす」

硝子戸を閉め直してから声を掛けた。店の奥に、さらに建物の奥へ続く入り口があり、そこに下がった暖簾《のれん》越しに、いつもどおりの香ばしいコーヒーの匂いが漂ってきている。

「おはよう、遊馬くん」

暖簾の向こうから声が返ってくる。耳心地のいい、落ち着いた低い声だ。

遊馬は台の上の物を落とさないよう気をつけながら、カウンターの横を行き、藍《あい》の色味の暖簾をくぐった。

狭い土間から廊下が真《ま》っ直《す》ぐに伸びている。右手側には二階へ続く急勾配の階段があるが、遊馬はスニーカーを脱ぐと、左手側にある、古めかしい珠暖簾《たま》の掛かった入り口のほうへと入った。

シンクの備え付けられた、板張りの床のダイニングルームがあった。物の多い表の店とは違い、最低限の家具や物だけが置かれたシンプルな場所だ。散らかっているところは見たことがない。

男がひとり、シンクからコーヒーカップをふたつテーブルに移した。少し長い、わずかに癖のある黒髪をした、端正な顔立ちの男だ。若くも見えるし、落ち着き方は四十代ほどにも思える。遊馬は、最近ようやく、彼の年齢が三十二歳ということを知った。

今日も皺《しわ》ひとつないシャツを着て、ループタイを締めている。タイは、たくさん持っている物の中から、お気に入りのマラカイトを選んで着けていた。

「どうぞ」

と、この家の住人であり、表の店の現主人でもある男は、遊馬へコーヒーを勧めた。遊馬は彼が座った向かいの席に腰掛け、湯気の立つカップにふうっと息を吹きかける。

「朝ごはんは食べてきた？」

　のんびりとした口調で問われ、遊馬は頷《うなず》く。

「はい。昨日アパートの大家さんからほうれん草を貰《もら》ったので、ほうれん草入りの出し巻き卵を作ったんですよ。これがまた、美味《おい》しくできて」

「うん。いかにも朝ごはんって感じがしていいね。僕には卵焼きは難易度が高すぎて、とても用意できないけれど」

「いや、こだわらない限りは決して難しくはないですよ……まあ、杠葉《ゆずりは》さんは料理苦手ですもんねえ」

　コーヒーを淹《い》れるのはこんなにも上手なのに、とカップの中身を啜《すす》ってから言うと、目の前の男——杠葉伊織《いおり》は、眉を下げて微笑んだ。遊馬もぷすすと笑う。

「そうだ、ほうれん草まだ残ってるんで、卵焼き、明日作って持ってきますよ」

「本当に？　それは助かる。遊馬くんの作るごはんはどれも美味しいからね」

「そりゃ、ばあちゃん仕込みの腕ですから」

　杠葉はよく遊馬を食事に連れて行ってくれる。その代わりに遊馬は、たびたび杠葉へ手作りの料理を振舞っている。

　杠葉は、ひとりでいると外食しかしないらしい。グルメなわけではなく、食に無頓着であるからだ。いや、頓着しないのは食だけではない。毎日似たようなシャツを着ているのは、毎日服を選ぶのが面倒だからだし、マンション数棟のオーナーをしているくせにこの古びた家に住んでいるのは、住まいは寝起きさえできればいいと思っているから。身なりが上品で、どこか不思議なオーラを纏《まと》っているせいか、一見こだわりを持って生きているようにも見える。が、その実この人は、あらゆることにあまり興味を持たない人間であるのだ。

紅葉の興味を引くものは、この世にみっつだけ。コーヒーと、タイと、そして表の店以外のもうひとつの仕事。

「さて」

紅葉が腰を上げる。遊馬も立ち上がり、空になったカップを渡した。食器洗いは紅葉の仕事だ。そもそもこの家にまともな食器は数えるほどしかないが。

「じゃあ、遊馬くんは店を開けておいてくれる?」

毎朝言われることを、今日も言われる。

「了解です。あ、紅葉さん、右側寝癖ついてるんで、直しといてくださいね」

遊馬も、三日に一回は言うことを返す。

「あら。直したつもりだったんだけど」

「さっきぴょんってなってました」

自分の頭を指さしながら笑い、遊馬は表の店へと戻った。

店内は、いつ見ても猥雑《わいざつ》で、どこか不気味さを感じさせた。

商品の隙間を縫って入り口まで行き、曇った硝子戸を全開にする。光と風を通しても、やはり中は鬱々《うつうつ》としているが、これもひとつの味というものだろうと、遊馬は思うことにしている。

ここは、元々杠葉の祖父が営んでいた店だ。趣味で集めた物を売ったり、また、気になる物が持ち込まれれば購入したり。一体何に使うんだ、誰が買うんだ、と思える物まで集めてしまうから、店のラインナップは常に混迷していた――曰《いわ》く、祖父としては、集める物にひとつのルールを決めていたということだが。

大地主だった祖父が趣味でやっていたこの店を、祖父が亡くなったあと、数個の不動産と共に杠葉が受け継いだそうだ。店の雑多すぎる様子は昔からほとんど変わっていないという。

そのせいで、一応『杠葉古物堂』という正式な店名があるにもかかわらず、近所の人たちはこの店のことをこう呼んだ。

――がらくた堂、と。

「がらくた堂、今日も開店、っと」

『商い中』の札を掛け、軽く表の掃除をしてから遊馬は中へ戻った。すると、寝癖をきっちり直し、紺のベストを着た杠葉が、カウンター内のロッキングチェアで寛《くつろ》いでいた。絵になるなあ、と遊馬はその姿を見るたびに思う。まるで古い映画のワンシーンでも観《み》ているようだ。杠葉は品のある見目をしているから映画俳優にだってなれてしまうだろう。ただ、案外のんびりしている中身まで考慮してしまうと、ちょっと難しいかもしれないけれど。

「じゃあ、遊馬くん。今日も一日ゆっくりしようか」

日夜身を粉にして働いている人たちに申し訳なくなる台詞《せりふ》を吐いて、杠葉は手元の本へと視線を落とした。

店が開いたとは思えない様子だが、仕方ない、この店には客が訪れることのほうが稀《まれ》なのだ。顔見知りか、たまに遠方からマニアがやってきたりもするが、いずれにしても閑古鳥《かんこどり》が鳴かない日はなかった。

「はい。そうですね」

初めこそ「これでいいのか」と思っていた遊馬も、今はこの緩すぎる働き方に慣れてしまった。働いている、という感覚すらないような日々だが、それでも十分な給料は貰っているのだ。あまりにも恵まれていることはきちんと自覚している。

とはいえ、本当に一日中ぐうたらするのも自分が駄目になってしまいそうで、遊馬は日々、せっせと店内の掃除や商品の手入れをしていた。杠葉は基本的に、遊馬のすることに口を出すことはなかった。

ここで働き始めて半年。遊馬がこれまでやってきた仕事の中で、最も長く続いたときの期間がちょうど半年だった。がらくた堂は、まだ辞《や》めるつもりはないし、辞めさせられる様子もない。恐らく、ここが遊馬の人生で一番に長く働く場所になるのだろう。

高校を卒業してから、自分を育ててくれた祖父母に楽をさせるために懸命に働いた。けれどいつも自分の体質のせいで、クビになったり、自ら退職する決断をしなければいけなくなっていた。祖父母に恩を返すどころか、自身の日々の暮らしさえままならないままアルバイトを転々としていたとき、遊馬は杠葉に出会った。

遊馬は二十一歳になったばかりだった。杠葉は、遊馬の体質を買い「うちで働かないか」と誘った。

もちろん初めは訝《いぶか》しんだ。が、そのときの遊馬は家賃が払えず住んでいた部屋を追い出されたばかりであり、貯蓄も当たり前のようにすっからかんだった。祖父母へ助けを求めることもできたが、心配も負担も掛けたくなく、どうしたらいいのかと途方に暮れていたところだったのだ。

悩みはしたが、他に当てもなく、話に乗ることにした。そして働き始めてみれば、杠葉はきっちり給料をくれるし——その給料はこの店の売り上げからではなく不動産の収入から出ているそうだが——仕事も決してきつくなく、むしろ長閑《のどか》な日々ばかりを過ごすこととなった。

稀にやってくる、がらくた堂の古物店としての商いではない仕事の日以外は。

「すみません」

ふと、声が聞こえ、遊馬は商品の置時計を手に取ったまま振り向いた。開け放った入り口に、三十後半か、四十代ほどの年齢の女性と、幼稚園児くらいの女の子が手を繋いで立っていた。ふっくらとした頰が可愛《かわい》らしい女の子とは違い、女性のほうは随分と細身だった。

「あ、いらっしゃいませ」

がらくた堂に客が来ること自体珍しいが、子ども連れの女性客となればその中でもとくに希少だ。アンティーク好きの人なのだろうか、と思いながら、店に入りやすいようにと、遊馬はできるだけ人懐こい笑みを浮かべる。

「……」

しかし、女性はなかなか敷居を跨ごうとせず、表情を強張《こわば》らせたままやや俯《うつむ》いていた。女の子はそんな女性を不思議そうに見上げている。

「あの、お気軽にどうぞ？　自由に見てくださって構いませんから」

遊馬が近寄り声を掛けると、女性はそっと顔を上げた。遊馬は内心驚いてしまった。女性の目の下に、くっきりと濃い隈《くま》が浮かんでいたからだ。ぱっと見たところでは痩せている人だと思ったが、やつれている、と言うほうが正しいかもしれない。

これは、と、遊馬は思った。

この人は、古物堂に来た人ではない。

「こちらで、その……少しおかしなことの相談を、聞いてもらえると、伺ったのですが」

女性は恐る恐る、そう口にした。遊馬の思ったとおりの客であった。

遊馬が振り返ると、紅葉はすでに本を閉じ、仕事をする顔になっていた。立ち上がり、カウンターを出てゆっくりこちらへ向かってくる。

女性は明らかに身を固くした。今にも泣きそうな表情に見えた。弱り切ってしまって仕方ないという様子だけれど、隣にいる女の子の手だけはきつく握って離さなかった。

たぶん、彼女も半信半疑でここまで来たのだろう。同時に、きっと藁《わら》にも縋《すが》る思いでやって来たのだ。他に頼れる場所もなく、どこかで聞いたのだろう噂《うわさ》を信じて、この店を訪れた。

「ええ、ご相談承っております」

杠葉は耳心地のいい声でそう言い、自らの胸に右手を当てる。

「あなたのおっしゃる少しおかしなことというのが、人でないものによる案件であるならば」

女性がはっと目を開いた。

杠葉は笑みを深くして、上品な仕草で会釈をした。

「ようこそ、怪異相談処《かいいそうだんどころ》、がらくた堂へ」

二階にあるひと部屋を応接間として使っている。建物自体は和の拵《こしら》えだが、この応接間には絨毯《じゅうたん》を敷き、家具も洋風に揃えていた。部屋の中央にテーブルと革張りのソファが置いてあり、『がらくた堂』の来客時にはここで対応することにしていた。

女性は森山和羽《もりやまかずは》と名乗った。隣で大人しく座っている女の子は、和羽の娘で新菜《にいな》。来月の誕生日を迎えれば五歳になるという。

遊馬は、杠葉が下で飲み物を用意している間に、和羽の緊張を解すため適当な話をした。その会話の中で和羽の年齢を聞き、驚いた。和羽は今年で三十二歳。杠葉と同じ年齢だそうだ。しかし遊馬の目に、和羽は実年齢よりも五歳……いや、下手すると十は上に見えた。元より老けて見える顔立ちというわけではなさそうだ。彼女のやつれ具合のせいだろうか。

「お待たせしました」

しばらくして、杠葉がトレイにコーヒーカップをみっつと、オレンジジュースの入ったコップをひとつ載せてやってきた。

杠葉と遊馬、和羽と新菜で並んで座り、テーブルを挟んで向かい合う。

「改めまして、杠葉と申します」

杠葉が和羽に名刺を渡した。和羽は名刺と杠葉とを交互に見遣《みや》っている。

「よ、よろしくお願いします」

「おれは遊馬悠人です。怪異相談では助手みたいなことをしています」

遊馬も、最近杠葉に作ってもらった名刺を差し出した。名刺には『杠葉古物堂』

の名前と、『怪異相談処がらくた堂』の名の両方が印字されている。

「怪異……相談処」

和羽がぽつりと呟いた。杠葉が頷く。

「ええ。うちは、目には見えない何かとか、見えるけれど説明できないものとか、そういった類《たぐい》の相談を聞いています。名の通り、怪異について相談する処」

ひと言ひと言、教え込むようにゆっくりと語り、杠葉は作り物めいた笑みを浮かべた。

怪異について相談する処。それががらくた堂の、古物商としての商いではないもうひとつの仕事である。所謂《いわゆる》オカルトと言われる類の話で、科学で解明できない事象、人間には解決できないこと、そもそも他者に信じてもらえないような相談事を引き受けている。

怪異相談処を始めたきっかけは、とある怪異を探すためだと、遊馬は杠葉から聞いていた。目当ての怪異の情報を求め、怪異に遭っている人たちの話を聞いていたら、いつの間にか噂が広まり、相談する人が訪れるようになったのだと。

「森山さん、あなたもお困りごとがあって、僕らを訪ねて来たのでしょう」

「え、ええ……そう、なんです」

和羽は俯きながら、今にも消え入りそうな声を出した。

「どこに行っても、誰に話しても、もう、どうにもならなくて」

和羽の視線がちらりと隣の娘を見遣る。新菜はコップを両手で持って、美味しそうにオレンジジュースを飲んでいた。新菜の嬉しそうな表情に、和羽は少しだけ笑みを零す。

「その、相談というのは、私たちの家のことなんです」

顔を上げ、和羽は一度肩で大きく息を吸い、杠葉を見た。

「家、ですか」

「はい。度々、奇妙なことが起こるんです」

組んだ指を何度も組み替えながら、和羽は話し始める。

「今の家に娘とふたりで暮らし始めて、二ヶ月ほどになります。古い家で、元々私の母方の家系の持っていた家でした。十年以上空き家になっていたのを私が貰い受けたんです」

和羽は一年前に夫と離婚し、以降働きながら新菜をひとりで育ててきた。しかし婚姻中に夫が借金を作り、夫婦の共同預金までも使い切ってしまっていたため、貯蓄はなく、日々の暮らしは金銭的に切迫し続けていた。両親はすでに亡くなっており、実家を頼ることはできない。そこで、借りていた東京のアパートを引き払い、母の故郷である土地に建つ家に越すことにしたのだ。親戚からは、古いからやめておけと散々言われたが、和羽には他に行く当てがなかった。

「確かに、古くて随分荒れていましたけれど、贅沢《ぜいたく》は言えませんから。住めるところがあれば十分と思っていました。小さい庭もあり、娘は家を気に入っていた様子だったので、直せるところは自分の手で直しながら、どうにか生活しています」

ねえ、と和羽は新菜の頭を撫《な》でる。新菜は和羽を見上げ、可愛らしく小首を傾《かし》げている。

「それで、そのご自宅に、一体どのようなことが？」

遊馬が問うと、和羽はこくりと頷いた。

「たとえば……玄関先にうさぎや鳥の死骸が頻繁《ひんぱん》に落ちていたり」

「死骸、ですか」

「時には大きな猪《いのしし》が死んでいたこともありました。車とぶつかったような形跡もなく、綺麗《きれい》な状態で家の前に置かれていて」

「それは、誰かの悪戯《いたずら》という線はないんですか？」

遊馬は思わず訊《き》いてしまった。確かに不気味ではあるが、その内容ならば、人間にもできることであったからだ。

「そう、ですね……私も最初はそう思っていました。家の裏に山がありますし、猪や野うさぎが現れることだってあり得ないことではありませんから、自然死の可能性だって考えられるでしょう。だから、初めは警察に相談したんです。警察の方は丁寧に捜査してくださいました。有害物質などの発生は確認されなかったため、人為的なものかもしれないと当たりをつけて……けれど犯人は、いまだに見当もついていません」

細い声で和羽は語る。遊馬は軽く眉を寄せる。

「それで、怪異が関係していると考えたんです？」

「いいえ、思いもしませんでした。死骸ではなく、生きたものが届くまでは」

「生きたもの？」

遊馬が聞き返すと、和羽は重たく首を縦に振った。

「庭に、大量の魚が落ちていたときがありました。うちの庭に水場はなく、川なら町内にはありますが、家のそばというわけではありません。けれど落ちていた数十匹の魚は、見つけたときにはすべて生きて跳ねていたんです。もちろん雨などしばらく降っておらず、竜巻なども起きてはいませんでした。自然現象でもありえないことです」

「確かに、それは奇妙かも……」

「それに、魚を見つけるほんの直前まで、私は娘と共に庭の草むしりをしていたんですよ。家の中は広くなく、敷地に人の気配があればわかります。少し目を離した隙に、庭に忍び込み大量の生きた魚をばらまくなんて、とても、普通の人間にできるとは思えないんです」

やや声を荒げた和羽は、言い終わったところではっとして「すみません」と頭を下げた。

「他にもいくつもあります。水道から出る水がお酒になっていたり、私の通勤鞄《かばん》に木の実が大量に入っていたり。その、おかしなことが起こる頻度が、日に日に高くなっていまして。今はまだ私たちに直接の害はありませんが、もし、この子に何かあればと思うと、恐ろしくて、早くどうにかしなければと」

ただでさえ顔色の悪かった和羽の肌は、一層青ざめて血の気を失《な》くしている。

「そう、ですよね。怖いですよね。すみません、おれ、なんか心無いこと言って」

「いえ……私自身でさえいまだ信じられないくらいですから」

「あの、よければコーヒーをどうぞ。美味しいので、少し気持ちが落ち着くかと」

「すみません……いただきます」

和羽はカップを手に取った。ゆっくりと口を付け、ほうっと息を吐く姿を見て、遊馬も肩に入っていた力をそっと抜いた。

「あのね、いじわるじゃないんだよ」

突然、和羽の横に座る娘の新菜が、舌足らずな口調で言う。

「……え？」

「いじわるでやってるんじゃないんだよ。だから、おこらないであげてね」

新菜は、まんまるな目を遊馬に向けている。

遊馬は三度大きく瞬《まばた》きをしてから、杠葉のほうを見た。杠葉は先ほどからじっと口を閉じたままだ。

「ご、ごめんなさい。この子、私にも時々同じことを言うんですよ」

和羽が新菜をたしなめる。

「なんのことかって訊いても、的を射た答えが返ってこないんですけど」

「あのね、だいじなもの、みんなちがうでしょ」

「新菜。その話はあとでお母さんが聞くから」

「待ってください。新菜ちゃんってもしかして、誰の仕業《しわざ》か知ってるんじゃ」

子どもは特別な力などなくても、常人には見えない類のものを感じやすかったり、時にははっきりと見てしまったりする。もしや新菜は、家にやってきては悪さをする何かを、目撃しているのではないだろうか。

遊馬が訊《たず》ねると、新菜はぐにぐにと首を傾げる。

「よくわかんない。でも、ときどきあそびにくるんだよ。みえないけど、おうちにいるの。いやなことするこじゃないよ」

たどたどしく話す新菜の肩を抱きながら、和羽は不安げな視線を遊馬へ向けた。遊馬はその視線をリレーするように、やや頼りない表情でゆっくりと隣を向く。

「なるほど」

と、黙っていた杠葉が呟《つぶや》いた。

杠葉は右手の親指を唇に当て、何かを考えるように再度口を噤《つぐ》んだあと、姿勢を正して顔を上げる。

「よろしければ、一度、あなたのお宅にお邪魔したいのですが」

いつもどおりの柔らかな表情で、杠葉は和羽へ問いかける。

「え、ええ。もちろん。来ていただけると助かります」

「そうですか。では明日にでも、僕と遊馬くんとで伺いますので」

「あ、はい。わかりました。ただ、えっと、相談料というのは、どのくらいになるのでしょうか」

言いにくそうに、和羽は上目でこちらを窺《うかが》った。話を聞くに経済的な余裕はほとんどないのだろう。相談者の中には「いくらでも払うから解決してくれ」と言う人もいるが、和羽の場合はそうではない。金額によっては諦めることも考えているのかもしれない。借金をしてでも払うから助けてほしい、と言いそうにも見えるが。

「相談料はいただきません」

杠葉は微笑を湛《たた》えたまま答える。

「たとえ問題が解決したとしても、後から請求することもありません。相談に来られたどなたからも、僕らが金品をいただくことはありませんから」

「そ、そうなんですか？」

「あなたにとっては残念な知らせかもしれませんが、僕らは決して、怪異を祓《はら》う力があるわけでも、怪異に対抗する知恵や技術があるわけでもないのです。ただ、怪異の存在を認識していて、他者よりも少し多く怪異というものに触れたことがある、というだけ。だから怪異に悩む方たちの相談に乗っているだけ」

淡々と述べる杠葉の言葉を、和羽は頷くこともなく聞いている。

「できることはしますが、できないこともある。あなたの望むようにはならないかもしれない。それをご理解いただけますか？」

紅葉の問いかけに、和羽はすぐには返事をしなかった。隣にいる娘を見遣り、指先で柔らかな頬を撫でてから、紅葉と遊馬へ向き直る。

「わかりました……私たちにはもう、ここしか頼れるところがありませんから」

よろしくお願いしますと、和羽は言った。こちらこそ、と紅葉は穏やかな口調で返した。

○

和羽の家は、栃木県の山間《やまあい》、小さな町の中にあった。近くには観光客に人気の温泉地があり、華やかさもある土地であるが、和羽の家が建つのは昔からの集落が続く、のどかで静かな地域であった。

遊馬は、紅葉の愛車である紫のマーチボレロに乗って、紅葉と共に和羽の家へ向かった。スマートフォンのナビを見ながら車を走らせたが、遊馬がナビゲーションをミスしたり、紅葉が気になった喫茶店に勝手に寄り道をしたりしたせいで、早めに出発したにもかかわらず、到着したときには約束の時間を少し過ぎてしまっていた。

和羽は、新菜と共に家の外に出て待っていた。遊馬たちを見て心底ほっとした顔をしたから、遊馬は遅刻したことをかなり申し訳なく感じてしまった。

「す、すみません。遅くなって」

「いえ。こんな田舎まで、わざわざありがとうございます」

紅葉は、家の隣に併設された、トタン屋根のガレージにボレロを駐めた。縦に二台駐車できるスペースがあり、奥には古い軽自動車が置いてある。和羽のものだろう。ナンバープレートの地名はこの辺りのものだから、越してきてから購入したのかもしれない。都会と違い、車がなければ随分不便な土地だ。

付近には住宅が多く建ち並んでいる。隣家との距離は近いが、家々が密集しているとも言えず、空き地や畑なども目立っている。

家の裏手は、昨日和羽が言っていたとおり、緑深い山へと続いていた。野生動物が下りてきてもおかしくない環境ではあるようだ。

「どうぞ中へ」

和羽が自宅を手で示した。遊馬は眼前の建物を見上げる。一見、何も不可思議なところのない、ごく普通の家に思える。

L字型の平屋であるらしく、建物に隠されるように奥に小さな庭があるという。長く空き家だったそうだが、確かに、手入れをされていなかった様子が外観から見て取れた。塗装が剝がれ黒ずんだ外壁や、茶色く錆びついた雨樋《あまどい》に、ずれかけた屋根瓦。

築年数ならばがらくた堂よりずっと浅いだろうが、建物の傷み具合はこちらのほうが随分と酷《ひど》い。

「申し訳ありません、古い家で」

和羽が戸を開け中へ招く。

玄関から見た家の中もやはり酷い有様であった。壁には雨の染《し》みができており、床もところどころ波打っている。修繕が間に合っているとは思えない。

「本当は業者の方に頼んで直してもらうべきなのでしょうが、なかなか余裕がなく。私が自分でどうにか補修をしている状態なんです」

出された真新しいスリッパを履く。遊馬の先を行く杠葉が、ぐるりと廊下を見回した。

「いいえ。こういう建物は趣《おもむき》深くて、僕は好きですよ。うちだって相当古いですしね。ただ、こちらの家はやはり傷みが多そうで、安全面で少し心配ですね。女性とお子さんだけで暮らしているのですからなおさら、怪異以外のことでも、何か起こる前に対策をしないと」

「ええ、わかってはいるのですが」

遊馬は玄関のすぐそばにあった部屋を覗《のぞ》いた。表に面した窓のある、六畳ほどの和室であった。畳は変色しているが、元々物が少ないのか散らかっている様子はなく、そういった意味では綺麗であると言える。物を持たない性質というよりは、やはり物を買うための余裕がないのだろう。

「まず庭を、見ていただきたくて」

和羽はそう言って廊下を進んでいく。新菜はとっくにひとりで奥へ駆けていっていた。和羽の後ろを行く杠葉に、遊馬は鼻に手を当てながら付いていく。

短い廊下を曲がると、居間として使っているのだろう部屋があった。そこには濡《ぬ》れ縁《えん》に続く掃き出し窓があり、建物と石塀に囲まれた庭を見渡すことができた。

「うわっ」

遊馬は思わず呻《うめ》いてしまった。五坪ほどの広さはあるだろうか、その庭中、背の高い草花で埋め尽くされていたのだ。物干し竿が置かれているが、何かの蔓《つる》が巻かれており、とても洗濯物が干せるような状態ではない。

人為的に植えられたとは思い難かった。が、自然に生えたと言うには、どこか違和感も覚える。何か奇妙で心地が悪い。

「庭は手入れされていないのですか？」

杠葉が訊くと、和羽は首を横に振った。

「いいえ……越して来た直後は似たような状態でしたが、娘が下手に触ってかぶれたりすると怖いですし、虫も湧きますから、すぐに除草しました。その後も頻繁に手入れをしています」

「そうですよね。魚がばら撒《ま》かれたとき娘さんと草むしりをしていたと、昨日おっしゃっていましたから」

「ええ……」

だったらなぜ、と、杠葉は問わなかった。

まともに手入れをしていたのなら、今この状態になっているはずがない。この庭は、まるで何年も放置されていたような形になっている。数日放っておいたくらいではこうはならないだろう。

「昨日、おふたりに相談し帰ってきたら、突然こうなっていたのです。朝まではどうもなかったのに」

和羽の言葉に、杠葉が「なるほど」と相槌を打つ。

「それが本当なら、明らかに人にできることではありませんね。いや、不可能ではないかもしれませんが、悪戯にしては労力も人手も掛かり過ぎますから」

杠葉は和羽に確認を取ってから、掃き出し窓を開けて縁側に出た。遊馬は二の腕を擦りながら杠葉のあとに続く。

伸びきった植物は縁側にまで溢《あふ》れていた。

緑の草木、そして色とりどりの花が生い茂る小さな庭は、まるで異なる世界に足を踏み入れたかのような気にさせられる。幾種もの植物が一面を覆っており、すぐそこにあるはずの地面は緑に埋もれて見えない。

「今の時季には咲かない花だ」

目の前に咲く桃色の花に触れながら、杠葉が呟いた。植物に疎《うと》く、その花がいつ咲くものかなど知らなかった遊馬は、杠葉の言葉を聞き、なるほどと思った。

この庭の居心地の悪さの訳がわかった。咲く時期も、生える場所も異なる種類の植物が一堂に会しているからだ。

この光景は、人の手によるものではない。だが自然でもありえない。だとしたら、人ではない、何かの仕業でしかない。

「森山さん、家の中を見て回ってもいいですか？」

「ええ、もちろん。お願いします」

和羽を伴い、ひと通り家を調べた。押し入れの中や屋根裏、床下も探ってみたが、特段怪しいところや気になる物は見当たらなかった。

一行は、各部屋を回って居間へと戻ってきた。庭はやはり四季の草花に埋め尽くされている。

「ふむ、現状異変はここのみ、か」

庭を眺めながら杠葉が呟いた。

そのとき。

「おかあさん」

声がして、遊馬たちは揃って振り向いた。居間の中央に立った新菜がどこかを指さしていた。

「なんか、おとがする」

新菜は居間に置いてある古い和箪笥《わだんす》を示している。和羽が歩み寄り、五段ある引き出しの上から二番目に耳を寄せた。

「……本当だ。かさかさ音がする。嫌だ、ネズミでも入り込んだのかも」

顔をしかめながらも取っ手に手を掛ける和羽を、杠葉が制止する。

「僕が開けます」

和羽を退かせ、杠葉は引き出しを開けた。途端、和羽が悲鳴を上げる。

腰を抜かす和羽を支えながら、遊馬は引き出しの中を覗いた。ぞわりと背筋に寒気が走る。蠢《うごめ》く数十の虫がいた。緑と赤の、光沢のある虫。玉虫だ。

杠葉は一旦引き出しを閉め、和羽にビニール袋を持ってくるよう指示した。和羽は真っ青な顔をしながら無言で頷き、新菜を連れてふらふらと台所のほうへ向かっていった。

「遊馬くんって、虫平気だっけ」

杠葉が涼しい顔で振り返る。

「あ、はい。一応、触ったりは全然」

「なら、これは僕らで処理してあげよう。あの様子じゃあ森山さんが自分で片付けるのは難しそうだから」

「ですね。てか、玉虫でよかったなあ。茶色いアレとかだったら、さすがにおれも悲鳴上げて逃げてましたよ」

「玉虫は美しい虫だものね。翅《はね》は昔から工芸品に使われているし、あと、箪笥に入れておくと着物が増えるって言われているらしいよ」

「へえ、そうなんですか。まあ、だとしても入れすぎですよ。着物何千枚増やす気ですか」

「それで、遊馬くん」

「はい」

「どう？」

端的に、杠葉に問われた。遊馬は一度唇を閉じ、右手を鼻に当てた。

「家の中を回りましたけど、たぶん、そばには、いないと思います」

無意識に声を潜め、答える。

そばにはいない。恐らく今は、何も。

「でも、この家、臭います。それから、ずっと見張られているような感じがする。確実に、何かありますよ」

遊馬は左手で右腕を擦った。パーカで隠れた両腕は、この家の土地に足を踏み入れたそのときから、ずっと鳥肌が立ち続けていた。

庭の様子を見たときよりも、大量の玉虫を見たときよりも、ずっと気味の悪い気配が、この家のすべてに満ち、肌に纏わりついている。

目には何も見えない。けれど、確かに感じるのだ。

――怪異の臭いを。

「悪意のある感じではないです。ただ、いいものでもないと思うけど」

「家自体に何かあるってこと？」

「いや、たぶん建物は普通なんですけど……でも、ここは、誰かの領域にされちゃってるっていうか」

「誰かの領域？」

「マーキングされてる、みたいな」

遊馬は感じたことをそのまま口にした。

この家は、不可解な物事を起こし続けている何かの手にある。怪異がそばにいないにもかかわらず、これほど濃い気配に満ちているのだ。目を付けられたのは最近の話ではない。

一体いつから……数年前？　いや、もっと。

「なるほど」

杠葉が右手の親指を唇に当てる。その仕草は彼が考え込むときの癖であった。

「執着されているのは土地か、人か」

紅葉がそう呟いたとき、和羽がビニール袋を持って戻ってきた。

遊馬たちは、そこそこ骨を折りながら玉虫を捕獲し、一旦家の外に出た。森山家の敷地内から道路へ一歩踏み出すと、体に張り付いていたものがふっと消えたのを感じる。

領域から出たのだ。やはり怪異は、この森山家に巣食っている。

「森山さん、この近くに町営の図書館などはありますか？」

紅葉が問うと、和羽は「あ、はい」と答えた。

「車で行けばそう遠くないところに」

「なら遊馬くん、ちょっと調べものをしに行こうか。ただし、先にそれをどこかに放ってから」

紅葉は遊馬の手にある蠢くビニール袋を指していた。「ですね」と、遊馬は袋を掲げて苦笑する。

「あの、私たちは」

紅葉が車のドアを開け、遊馬が駆けだそうとしたところで、和羽が焦ったように言った。ドアに手を掛けたまま、紅葉が振り返る。

「調べものをしたら戻ってきますので、お宅で待っていてくださって構いません」

「そ、そうですか」

和羽は目を伏せた。きつく手を握られている新菜は、母親の顔を見上げている。

「……もし」

と、杠葉が呟く。

「ふたりで残るのが不安ということなら、遊馬くんを置いていくので、彼と一緒にいてください」

「えっ……い、いいんですか」

「ええ」

杠葉がちらと遊馬を見た。遊馬は頷く。

「そうしましょう。なんならおれ、この辺りを軽く見て回りたいと思ってましたから、案内してもらえると助かります」

「……すみません。自分の家なのに、どうも気味が悪くて」

「お気になさらず。おれたちも仕事なんで」

無償ですけど、と続けると、和羽は少しだけ笑った。

「じゃあ遊馬くん、よろしくね。できるだけ早く戻ってくるから」

紅葉はボレロに乗り込むと、来た道とは逆の方向へと車を走らせて行った。丸みのある車体が見えなくなるまで見送ってから、遊馬は和羽たちへ向き直る。

「先に玉虫放ってくるんで、ちょっとだけここで待っててもらえますか？　これが放たれるの、たぶん見てて気持ち悪いから、おれひとりで行ってきます」

「あ、はい。そこの畑の横から行けば、すぐ林に入ります」

「了解です。じゃ、急いで行ってきますね」

和羽の示した先に畑があり、その脇に裏の山へ向かう小道が続いていた。遊馬はひび割れたアスファルトの上を小走りで進んでいく。

その途中、ふと畑に人がいるのに気づき反射的に、

「こんにちはぁ」

と声を掛けた。育ての親である祖父母に「近所付き合いは大切にしろ、挨拶は欠かすな」と口酸っぱく言われ育ったため、他人にも気安く話しかけてしまう癖があるのだった。

「はい、こんにちは」

作業着姿のおばさんは、畑を耕す手を止め親しげに返事をくれた。しかし、遊馬の顔を見るや少々眉を顰《ひそ》める。余所者《よそもの》だから不審に思われたのだろうか。遊馬がそ

う思っていると、

「お兄ちゃん、さっきあたし好みの美形と一緒に、神守《かみもり》さんのお宅に入っていかなかった？」

と問われた。

遊馬は足を止め、首を傾げる。口を緩く握ったビニールの中では、大量の玉虫が暴れている。

「美形と一緒ってんならたぶんおれのことですけど、おれが入ったのはカミモリさんちじゃなくて、森山さんのおうちですよ」

カミモリという名前は聞いたことがなかった。和羽の元夫の姓だろうか。しかし離婚後に越してきたそうだから、以前の名字を使うのは不自然だ。

「そうそう。今住んでる子は森山さんだったわね。和羽さんだっけ？　神守さんの親戚の。モリっていうのが同じだからすぐ間違えちゃうのよ」

「カミモリっていうのは、昔あの家に住んでたっていう人のお名前ですか？」

「ええ。あたしがお嫁に来たばかりの頃は、他にも近所にお身内が何家族かいたんだけど」

あの家は、和羽の母方の親戚の家だと言っていた。和羽の母が森山家へ嫁に行き姓が変わったのだろう。あそこは元々、神守という名の一家が住んでいたのだ。

「ねえ、あなたたち森山さんちになんの用で来たの？　友達？」

おばさんが少し声を潜める。

「いえ、仕事で……ちょっと森山さんから頼まれごとをしたからなんですけど。どうしてそんなこと訊くんです？」

詮索好きな人だろうか。田舎にはありがちだが。しかしどうもそのような様子ではない。

「あのさ、変なこと訊くけど」

おばさんがさらに声のトーンを落とすので、遊馬は用水路をひょいと飛び越え、野菜を踏まないようにしながら畑の敷地に入った。

おばさんは辺りをきょろきょろと見回しながら、悪い相談でもするように、口元に手を当て顔を近づける。

「あの家の中、何かおかしなところなかった？」

遊馬は眉を寄せた。なるべくおばさんに警戒心を抱かせないように、自分もおばさんと同じ仕草をして、共犯者のように小声で話す。

「なんでそのことを知ってるんですか？　おれたちね、探偵業的なことしてるんですけど、実は、その件で森山さんに相談を受けて来たんです。あの家でちょっと変なことがあって、原因を突き止めてほしいって。ほらこれも。この玉虫の群れ、箪笥の中に入ってたんですよ」

「ぎゃっ」

本来、相談者から受けた内容をおいそれと他人に話すことはない。相談者の身近な人間にならなおさらだ。けれど今回は、あえて情報を漏らすことにした。知りたいことを得られる気がしたからだ。

「もう、やっぱりね」

と、おばさんは玉虫の袋を手で払いながら苦い顔をする。

「まだ続いてるのね……でもね、悪いこと言わないから、早めに退散したほうがいいわよ。原因なんて、探ったってわかりゃしないんだから」

「どういうことです？　警察も犯人探しに手こずってるってのは聞いてますけど」

「そりゃそうよ。犯人なんて捕まるわけないって。あのね、昔から言われてるの。あの家は、呪われてるって」

「呪われてる？」

訊き返すと、おばさんは重々しく頷いた。冗談を言っているようには見えなかった。

「呪われてるって何に？」

遊馬が問うと、おばさんは視線を山のほうへと移す。

「ヤマビコさんに」

――ヤマビコさん、と、遊馬は小さく繰り返した。なぜか、治まっていた鳥肌がふたたびぶわりと全身に立った。

「神様か、妖怪か。よくわかんないけど、そういうのがあの山にいるって言われてるんだって。それで、そのヤマビコさんに、神守さんちは呪われてるって、ここいらの人たちは昔から言うのよ」

おばさんは山を見つめたままで言う。

「昔からって、どれくらい前からかわかります？」

「おばちゃんは余所からお嫁に来たんだけど、少なくともうちの旦那が子どもの頃にはもうそんな噂があったって。始まりは、もっと前じゃないかしら」

「そんな、長い話なんですか」

「それにね、今森山さんが住んでる家だけじゃないの。他の親戚の家も……神守さんの一族にだけ、変なことが起こるの。年寄は、命にかかわるようなことはないから気にしてないって感じだったけどね、若い世代は少しずつここを離れていって、今はもう、一族皆この土地からいなくなっちゃったってわけ」

おばさんの視線が遊馬に戻ってくる。その目には恐れや不安が垣間《かいま》見えた。加えて、芸能人のスキャンダルを噂するような、いやらしい感情も浮かんでいるのがわかる。まあそんなもんだよな、と遊馬は内心で苦笑する。

「でも、誰もいなくなったところにあの親子が来たじゃない。神守さんの血筋っていうから、もしかしてまた何か起こるんじゃないかって思ってたら、案の定。どうにかしてあげたいけど、自分もヤマビコさんに呪われたらって思うと怖くてねえ。皆近寄らないようにしちゃってんのよ」

「なるほど。確かに、おれたちも森山さんからいろいろ気味の悪い話を聞いていますよ。なんか怖いですよねえ」

「ね。まあ、呪いとか妖怪なんて、お兄ちゃんは信じないかもしれないけどさ」

「いやいや、おれ、結構そういうの信じちゃう性質《たち》なんですよ。だから、教えてもらって助かりました。気をつけます」

「あらそう？　あ、よければ野菜持ってく？」

おばさんが収穫したばかりの野菜を拾い上げる。遊馬はお言葉に甘えることにして、おばさんが野菜を見繕っている間に、弱りかけていそうな玉虫たちを林のほうへと逃がしに向かった。

木々の生え揃う場所に入り、ビニール袋を開け玉虫を放つ。皆元気なのはよかったが、一斉に玉虫が飛んでいく様はさすがに少々恐怖を覚えた。

袋が空っぽであることを確認し、遊馬は飛び交う玉虫から逃げるように急いで踵《きびす》を返す。が、ふいに、妙な臭いを感じ、振り向いて顔を上げた。

和羽の家に満ちていた臭いと同じものを感じる。どこからだろう。山の中腹辺りだろうか。

そこに、何かがいるのだろうか。

――ヤマビコさん。

正体は、わからないが。ヤマビコさんと呼ばれるものが、和羽の家に異変をもたらしているのだろうか。

「……調べてみるか」

遊馬は林を抜け、おばさんに野菜を貰ってから和羽の家へと戻った。

和羽と新菜は家に入らず、道路に出て、遊馬の帰りを待っていた。

「すみません、ちょっと遅くなって。そこの畑でおばちゃんに野菜貰っちゃって」

遊馬はビニール袋いっぱいに入った野菜を見せる。玉虫の入っていた袋だが、野菜を洗えば問題ないし、気にならない。

「そうだったんですね。こんなにたくさんすごい」

「ね、美味しそう。森山さんたちの分もありますからね」

「そう、ですか。ありがたいですが……ご近所さん、私が話しかけても余所余所しいし、すぐに離れてしまうから、外から来た人間にあまりかかわりたくないのかと思っていたんだけど。遊馬さんはすぐに仲良くなれるんですね」

「あー、いや」

「やっぱり、気味悪がられているんでしょうか。それとも、そもそも私がよく思われていないのかも」

しょげた様子の和羽に、遊馬は慌てて手を振る。

「自分で言うのもなんですけど、おれって昔から、年配の人たちに可愛がられる性質なんですよね。ほら、見た目もガキ臭くてあほっぽいし、話しかけやすいんじゃないかな」

「へえ……うん。なんか、年配に可愛がられるっていうの、わかる気がします」

「あ、へへ、そうですか？　じいちゃんばあちゃんに育てられたからかな」

遊馬はへらりと笑って頭を掻《か》いた。

近所の住民はヤマビコさんの呪いとやらのせいで、意図的に和羽を避けているようだ。しかしそれを伝えては和羽が一層落ち込んでしまう。

怪異の原因を探り、解消したら、きっと親しくしてくれる人も現れるし、和羽の気持ちも上向きになるだろう。

早くなんとかしなければと、遊馬はひとりで深く頷く。

「ところで森山さん、あっちのほう、何かあったりします？」

遊馬は裏山の中腹辺りを指さした。ここから見る限りでは、何かがあるようには見えない。

「ええ。ちょうどあの辺に、小さな祠《ほこら》がありますけど」

和羽が、遊馬の指先の示すほうを目で追いかける。

「祠？」

「山の神様でも祀《まつ》っているんでしょうか。よくわかりませんが、うちの家系が管理していたと母から聞いたことがあったので、越してきたばかりのときに娘とお参りに行きました。その後もたまにですが、掃除に行っています」

「そうなんですか……」

祠というものは、必ずしも神が祀られているとは限らない。神は、簡単には人の領域に踏み込まない。が、所謂物の怪《もののけ》などと言われる類のものであれば、それらは容易に人に近づき、悪意を持って、あるいは無邪気に、人に影響を及ぼしたりする。厄介な存在だ。けれど、神と違い、それは人間が対処し得るものでもある。

「ちょっと行ってみたいんですけど、いいですか？」

遊馬が問うと、和羽は首を傾げながらも頷いた。

祠へ行く旨と、先ほどおばさんから聞いた話を杠葉へメールし、遊馬たちは家を出発した。

祠へは、細い山道が通っているという。畑とは別の小道から山へ向かうと、舗装のされていない小さな坂が山の上のほうへと続いていた。

遊馬が新菜を抱っこし、その後ろを和羽が付いてくる。三人で祠へ向かう道すがら、和羽が「あの」と口を開く。

「杠葉さんは、あなたたちに怪異を祓う力はないとおっしゃっていましたけど、遊馬さんは、その、何か感じる能力があるんでしょうか」

遊馬は一瞬だけちらと後ろを振り返った。家での杠葉との会話を聞いていたのだろうか。
「あ、えっと、すみません」
訊いてはいけなかったと思ったのかもしれない、和羽はすぐに謝った。遊馬は
「構いません」と笑う。がらくた堂に来た客に対しては、別に隠していることでは
ないのだ。
「はっきりと見えたりするわけじゃないので、能力というほどのものでもないんで
すけど。なんとなく怪異の気配を感じられるっていう体質でして」
「体質？」
「はい。体質と言っていいのかわかりませんが、おれはそう思ってます」
物心ついた頃には、すでに人とは違っていた。
他の人間には見えない、聞こえない、存在を一切認識されないものを、遊馬は、
そこに在ると感じ取ることができたのだ。遊馬の目にも、大抵の場合、それは見え
ない。こちらから触れることもできない。けれど、確かに存在しているということ
だけはわかる。そういう臭いがする。人の世では感じ得ない、怪異の臭い。
遊馬にできることは、怪異の気配を感じることだけであり、それらをどうこうす
ることはできなかった。それでいて、影響を受けやすく、時には他者を巻き込んで

しまうこともあった。

怪異のことは、他人に話しても馬鹿にされるか、遊馬自身が気味悪がられるだけであった。こんな力があっても誰かを救うこともできず、むしろ害を与えてしまう。

この体質は、遊馬にとって、それこそ呪いのようなものだったのだ。

杠葉と出会い、がらくた堂で働くようになるまでは。

「本当にいるんですね、そういう人」

後ろを行く和羽が言う。

「私は、こんなことになるまでは、幽霊とか、オカルト的な類のことはそんなに信じていなかったんですが」

「はは。信じない、かかわらないってのが一番だとは思いますけどね」

「神様とか先祖のお墓とかに、礼儀を持って参るくらいのことはしますけど。ほら、ここも、そんな気持ちで来たんです」

ふと、林を分け入る道の先が開けた。

丸く人工的に木の切られた場所に、簡素な木の祠と、石の鳥居が姿を現した。

「私はこの土地の生まれではありませんが、一応先祖が代々住んでいた場所なので、また帰ってきました、よろしくお願いしますと、越してきたときに挨拶をしました」

「へえ……」

遊馬は寝かけていた新菜を下ろし、鳥居の前で一礼してから祠に近づいた。

やっぱりだ、と遊馬は思う。

この祠の周囲は、和羽の家で感じたのと同じもの――それよりも濃く強い怪異の臭いで満ちている。神ではない。神ならば、こんな臭いはしない。代わりに、鳥居をくぐった瞬間から、息も止まりそうな寒さと恐れを感じていることだろう。

ならば、ここにいるのは山の物の怪だろうか。

ここに棲《す》む怪異が、何十年、いや、ともするともっと長い間、この土地に生きる神守の一族に影響を及ぼし続けている。そこに理由があるのか、ないのか、果たしてこの怪異が何ものか。それはまるでわからないが。

いい、いいいい、
ここに在るものが原因だということだけは、はっきりした。

「ヤマビコさん」

遊馬は思わず口にする。

「え？」

「あ、や、えっと、山彦って、山の神様って意味らしいですね」

「そうなんですか。昔の人は、山彦で返ってくる声が、神様の声だと思っていたのかもしれませんね」

「ですかねえ」

「ヤマビコさん」

と、新菜が遊馬の真似《まね》をして言った。

新菜は行儀よく祠の前で手を合わせる。和羽も同じようにした。遊馬も慌ててお参りをする。

「あの、それで、ここに来たってことは、もしかしてうちに起きていることは、この祠が関係していると、遊馬さんは考えていらっしゃるんでしょうか？」

目を開けた和羽が祠を見つめながらそう言った。屋根に載った枯れ葉を、優しい手つきで落としてやっている。

「あ、はい、ええ。正直、その可能性が高いかと」

「違うと思います」

「あ、え？」

はっきりと言われ、遊馬は狼狽《うろた》えた。和羽がゆっくり振り向く。

目を逸《そ》らしがちだった女性が、今はなぜか、真っ直ぐに遊馬を見つめている。

「この山の中、暗いし静かで、どうも不気味でしょう。だから初めて来たとき、道中は少し怖かったんです。でも、この祠に来たら、どうしてか全然嫌な感じがしなくて。むしろ、温かく出迎えてくれているような気がしたんですよ。だから、もしここに本当に神様がいるとして、そのひとがあんなことをするなんて、私には思えなくて」

和羽はそこまで言うと、やはり視線を下げ、遊馬に「すみません」と謝った。遊馬は「いいえ」と答えるしかできなかった。

可能性が高い、と和羽には言ったが、確実にこの祠に棲む怪異が原因だと遊馬にはわかっていた。なぜなら同じ臭いがしているからだ。あの家は、この祠の周囲と同じ臭いで満ちていた。そして、他の怪異の臭いはしなかった。

そもそもここに神なんていない。気まぐれな、人とは違う理の中に生きる、化け物しかいないのだ。

しかし、なぜか、和羽にそう言えなかった。

三人で祠の周囲の草むしりをして、最後にもう一度手を合わせてから、遊馬たちは山を下りた。

結局祠では、何もできないままだった。怪異の臭いは、はっきりと鼻腔《びこう》に残っている。

家に着いたとき、杠葉から『図書館を出る』と連絡が入った。遊馬たちは玄関の前で杠葉の帰りを待つことにした。

「近くに鉱山だった場所があって、昭和の初期に鉱山で働くために多くの人が移住してきたらしいです。でもすぐに鉱石が出なくなって鉱山は閉鎖、人もあっという間にいなくなったそうですよ」

和羽から、この土地に関するそんな話を聞いていたとき、紫のボレロが道の先に見えた。

ゆっくりと安全運転で車庫に駐まり、運転席から杠葉が降りてくる。

「お待たせしました。遊馬くん、ただいま」

「お帰りなさい。図書館で何探してたんですか?」

「うん、郷土資料をね」

杠葉は答え、「そっちはどうだった?」と訊き返す。

「確か、森山さんのご先祖が建てたっていう祠に行ってたんだって?」

「あー、そうなんですけど、収穫としてはあんまり」

「ふうん、なるほど」

杠葉のことだ、何か確信があって祠に出向いたことはわかっているだろう。それなのに言葉を濁す遊馬を、杠葉はとくに追及することはなかった。

「それで、杠葉さんのほうは？」

遊馬の問いに、杠葉はこくりと頷き、そして和羽の正面に立つ。

「申し訳ございません。これは、僕らの手に負えることではありません」

は、と、遊馬は声を漏らした。

和羽も口をぽかりと開けており、杠葉だけがいつもと変わらぬ涼しい表情で、わずかに目を細めている。

「えっ、いや、杠葉さん、ちょっと」

「なので僕らは手を引きます。お力になれず残念です」

「いやいや、結論出すの早くないですか？　もうちょい調べても」

「遊馬くん」

杠葉が視線だけを遊馬に向ける。遊馬は吐こうとした言葉を飲み込み、ぎゅっと唇を結んだ。

ちらと和羽を見る。顔が見えないほど俯いており、下ろした両手をきつく握り締めている。

遊馬が声を掛けようとしたところで和羽が顔を上げた。泣いているかと思ったが、彼女の目に涙はなかった。

「わかりました。もう、大丈夫です」

和羽は躊躇《ためら》わずそう答えた。

「ありがとうございました。変なことに巻き込んでしまって申し訳ありません。話を聞き、ここまで来てくださっただけで、十分です」

「あの……森山さん」

「遊馬さんも、親身になってくださり、どうお礼を言えばいいか」

微笑みながら、和羽は遊馬へ頭を下げた。遊馬もぎこちなく下げ返す。そんなことしかできないし、何も言えない。

なぜ。

確かに、できないこともある。むしろそちらのほうが、できることよりもずっと多い。けれどあまりにもあっさりしすぎではないだろうか。杠葉は、和羽たちの境遇を見て、もっと手を貸してやりたいとは思わなかったのだろうか。

まだ、この家を襲う怪異の正体すらはっきりとは摑めていないのに。

いや違う。そんな状況で杠葉が「手を引く」などと簡単に答えを出すはずがない。杠葉は怪異が何ものかを突き止めたのだ。その上で選択をした。

杠葉は一体、何を知った？

「しかし、僕としても心苦しい。何もしてあげられないなんて」

どこかわざとらしく悲しい顔をして、杠葉は古い家を仰ぎ見た。

「この家に住み続けるのは不安でしょう」

「ですが、今はここで暮らしていく他ないので」

「でしょうね。引っ越すにも費用が掛かる。家の修繕すらできなかった状況で、すぐに他の住処を探すのは難しいでしょう。ここに住み続けるしかない」

「……はい。そのとおりです」

和羽もつられるように視線を住まいへ向ける。表情は力なく笑んでいたが、娘の新菜がその手を握ると、少しずつ唇の端が震えだす。

見開かれた眼球は充血していた。下瞼《まぶた》の上に涙が溜まっていくのが見えていた。

和羽が細く息を吸う。

「……ここはね、私にとって見知らない土地ではありました。けど、先祖が住んでいた場所でもありますし、過去の辛《つら》いことは忘れて、ここで娘と新しい生活をしよう、娘のために頑張ろうって、決意していたんですよ」

新菜が「おかあさん?」と不安げに見上げる。和羽はそれには答えず、怪異に魅入られた家を見上げたまま、徐々に声を震わせる。

「それなのに、ご近所さんともうまくやれないし、気持ち悪いことばっかり起きるし、落ち着かなくて、仕事も失敗ばかりで。嫌になります。別に、贅沢なんて望んでないじゃないですか。少しくらい苦労したって、新菜と笑って暮らせたらそれでいいって思って。そう思って、頑張ってるのに」

昂《たかぶ》る感情と声音に和羽の本心が溢れていた。

本当は大丈夫なんかじゃない。がらくた堂に来るよりも前から、ずっと彼女の心は限界だったのだ。

「なんなの、本当に。私が何をしたの」

歯を食いしばった和羽の目から、とうとう雫《しずく》が落ちた。俯いた和羽に新菜がしがみつく。和羽は、新菜の手をきつく握っている。

「こんな家、本当はもう住みたくない。でもどうしようもないの。どうすることもできないの。お金があれば……お金さえあればいいのに。なんでよ、誰か助けてよ。もう嫌だ! なんで私たちばっかり、こんな思いしなくちゃいけないの!」

空いた手で顔を覆い、和羽は声を上げて泣いた。新菜も母の姿に戸惑い、同じように泣き始めた。

杠葉は、何を考えているか読めない表情でふたりの親子を見ている。

遊馬は、どうしたらいいかわからず、黙ってその場に立ち尽くすことしかできなかった。

やがて、涙の尽きた和羽が、顔を上げないままで言う。

「……すみません」

聞き逃しそうな小さな声だった。よく謝るのは、彼女の本来の性質か、それとも置かれた環境がそうさせているのだろうか。

「いえ、また何かありましたらいつでもご連絡ください」

杠葉はそう告げ、遊馬を振り返った。

「帰ろう、遊馬くん」

ボレロに乗り込む杠葉に、遊馬は頷けなかった。

動かない遊馬を杠葉は急《せ》かそうとはしない。

たくさん考えたつもりだった。けれど実際はほんの十数秒、突っ立っていただけだった。

「ごめんなさい」

遊馬は、自分用の野菜をすべてその場に置いて、ボレロの助手席に乗り込んだ。

エンジンがかかり、車庫から車が出て行く。新菜が涙に濡れた顔のまま手を振り、和羽が頭を下げていた。遊馬は頭を下げ返したが、ふたりのことを真っ直ぐ見ることはできなかった。


来た道をそのままなぞって走っていく。約二時間の道のり。行きは、杠葉にいろんなことを話したが、帰りはほとんど喋《しゃべ》らなかった。

すっきりと終わることばかりではなく、後味の悪い仕事もこなした経験がある。けれど今回はとくに気分が晴れない。帰り際に聞いた和羽の叫びが耳の奥から離れない。

必死の思いで頼って来てくれたのだ、できる限り力になってやりたかった。

それでも、杠葉を説得しようとしなかったのは、自分にはできないことのほうが多いとわかっていたからだ。

自分に特別な力などない。怪異を退けることはできない。あの場に残ったところで、怪異の影響を止める方法など見つけられなかったかもしれない。いや、その可能性が高いから、杠葉は早々に見切りを付けたのだろう。考えなしに答えを出す人でないことくらいわかっている。

ならば、下手に期待させて何もやれずに終わるより、あの場で杠葉に従い退くほうが、まだ和羽たちを傷つけないのではないかと思ってしまった。恐らく、もう十分に傷ついていたのだろうけれど。

「遊馬くん、あまり落ち込まないで」

あと十分ほどでがらくた堂に着くという頃、杠葉がぽつりとそう言った。

「僕らには、できることとできないことがあるからね」

諭すような優しい声色に、遊馬は小さな声で「はい」と答えた。スピーカーから、昭和のアイドルの明るい曲が流れていた。

○

その日の晩、遊馬は夢を見た。

遊馬は山の中にいた。緑深い場所だが、山道があり、時折人が入ってきた。遊馬は人の真似をして遊んだ。人が山菜を取れば、遊馬も山菜を取り、人がうさぎを狩れば、遊馬もうさぎを狩った。

やがてその真似事は少しずつ形を変えていく。

人が山から山菜を取れば、遊馬は里から野菜を取った。人が山でうさぎを狩れば、遊馬は里の鶏を狩った。人が山の木を切れば、遊馬は里の家をひとつ壊したが、木を切る行為が山を守るためのものと知れば、里の土を豊かにし、米と野菜をたくさん作った。

山で人が死ねば、里に一本木を植えた。男が山で旅の女をかどわかせば、遊馬は男を異界へ連れ込んだ。山で誰かが人を殺せば、遊馬は殺人を犯したその人を殺した。

そんなふうに人の真似事をしながら生きていたら、いつからか遊馬は里の人々にこう呼ばれるようになった。

『ヤマビコさん』と。

あるとき、山に足を踏み入れた人の話を聞いた。ずっと遠くのどこかの山に、山と里とを守る神がいて、里を襲った大雨から人々を守ってくれたという。

それから長い月日が経《た》ち、遊馬のいる土地にも酷い雨が降った。里の誰も経験したことがないほどの凄《すさ》まじい豪雨であった。川は荒れ、大地は水に沈み、山は崩れた。放っておけば里は壊れ、人々は皆死に絶えるさだめにあった。

遊馬に人への情はない。だからただの気まぐれであり、ただのいつもの真似事であった。

遊馬は、どこかの山の神の真似をして、土砂崩れと川の増水から里を守った。

嵐が明けたとき、里に死者はひとりたりともいなかった。人々はこの奇跡を神の思《おぼ》し召《め》しと喜び、感謝の祈りを野山の神に捧《ささ》げた。

ただひとり、里に住むある男だけが、これはきっとヤマビコさんのおかげだと言った。男は遊馬のために山に小さな祠を建て、その日から欠かさず供え物をするようになった。男の息子にも、そのまた息子と娘にも、同じようにするよう言った。

男の子孫たちは言いつけを守り、遊馬への感謝を忘れず、祠を整え、捧げものをし続けた。

遊馬は、彼らの真似をした。

彼らが遊馬に家を作り、食べ物や、酒や、綺麗な花や、宝物をくれ、感謝を伝え、遊馬の居場所を守ってくれるように、遊馬も彼らに望むものをやり、そして大切にし続けた。

ずっと、ずっと、そうし続けた。

遊馬は真似をし続けた。

○

アラームの音で目を覚ます。

見慣れた天井があり、枕のすぐ横で、スマートフォンがベル音をけたたましく鳴らしている。

のそりと上体を起こしてアラームを止めた。暑い季節ではないのに寝汗をびっしょりと掻いていた。布団から出て、着ていたスウェットを脱ぎ捨てる。

妙な夢を見てしまった。現実味がないのに、やけにはっきりとした夢だった。

「ヤマビコさんの、記憶」

遊馬はべたついた額に手を当てた。こういった経験は初めてではなかった。

怪異に共鳴し、怪異の声や、思考を受け取ってしまうことがある。今回は、昨日近づいた怪異の——ヤマビコさんの過去を、見てしまったのだろう。

「……」

手早くシャワーを浴び、服を着ると、朝食をとらずにアパートを出た。愛車のロードバイクをいつもよりも速く走らせて、遊馬は杠葉のいるがらくた堂へと急いだ。


「そう」

夢の話を杠葉にして、返ってきた答えはそれだけだった。

杠葉はダイニングルームのテーブルで優雅にコーヒーを飲みながら新聞を読んでいる。今日は、ストライプ模様のシャツに、臙脂色《えんじいろ》のクロスタイを身に着けていた。

「そうって、それだけですか？」

遊馬はコーヒーにも、朝ごはんを食べていないならと出されたバターロールにも、まだ手を付けていなかった。

和羽の問題を解決するための重要なヒントになるかもしれないと、急いで出勤し、一生懸命に話したというのに、杠葉は気のない返事しかしてくれない。

遊馬は「ぬうぅ」と唸《うな》って頭を掻いた。杠葉なら絶対に興味を持って、もう一度調べ直してみようと言ってくれると思っていたのに。

いや、そもそも、なぜここまで興味を示さないのだろうか。

「ねえ杠葉さん。杠葉さんは、ヤマビコさんがどういう怪異かわかってるんですよね？」

遊馬はぱっと顔を上げた。杠葉はなおものんびりと新聞を眺めている。

「おれたちの手に負えないって、それ、怪異がどんなものかわかったからそう言ったんでしょ。そうじゃなきゃ言うはずないですもん」

「……」

「でも本当に、おれたちにはどうすることもできない怪異なんですか？　怪異を祓えないとしても、森山さんたちに影響が出ないようにすることはできるかもしれないじゃないですか」

テーブルに手を突き身を乗り出す。遊馬のコーヒーカップががたりと揺れ黒い液面が波打った。

杠葉は、新聞を折り畳み、ちらりと目線を遊馬へ向ける。

「遊馬くん」

静かに名を呼ばれる。

長い睫毛《まつげ》越しに見える瞳に、遊馬は少し狼狽えた。

「は、はい。なんで、しょうか」

「あのさ」

ごくりとつばを飲み込んだ。知らず知らず、遊馬は姿勢を戻していた。

「ちょっと、おつかい頼まれてくれない？」

「へ？」

思わず間の抜けた声を上げる。「おつかい、ですか」と訊き返すと、杠葉はにこりと微笑み頷いた。

「撫子《なでしこ》さんのところに行ってほしいんだけど」

このタイミングでおつかいかよ、と憤った遊馬だったが、その行き先を聞き、現金ながら、心が躍ってしまった。

「な、撫子さんのとこですか」

「うん。あの人が見たいと言っていた例の品を渡してきて。まあ、遊馬くんが臭いがするって言わないから、なんでもない、ただの物だけど」

「はあ」

「古物堂の商品にするから、丁寧に扱って、気が済んだらちゃんと返してって言っておいてね」

はあい、と遊馬は返事をして、不貞腐《ふてくさ》れながらバターロールを頬張った。

結局杠葉は以降もヤマビコさんの話をせず、遊馬は頼まれた荷物を持って、おつかいに出かけたのだった。

四ツ辻《よっつじ》撫子の勤めている大学は、がらくた堂からロードバイクを走らせ四十分ほどのところにある。

高校を卒業し社会に出た遊馬は、この大学という場所がどうも苦手だった。学歴へのコンプレックスなどまるでないはずだが、賑やかなキャンパスに行き交う同年代の若者たちを見ていると、妙な疎外感を覚えてしまうのだ。この人たちと自分とは同じ輪の中にいない。自分は彼らとは違うと、感じてしまう。

しかし、それはそれとして、この大学に来るのは嫌いではなかった。撫子に会うことができるからだ。

遊馬は学内に入ると、真っ直ぐに撫子の研究室へと向かった。目的地は、広い建物の北側、あまり人のいない通路の奥にあった。木製のドアを三度ノックすると、中から「どうぞぉ」と甘い声が聞こえてくる。

「失礼します」

そっとドアを開けると、窓を背にしたデスクに座る女性が、逆光の中でにこりと笑んだ。

「あらあ、遊馬くん、いらっしゃい」

「あ、撫子さん、こんにちは。あの、杠葉さんから頼まれて来ました」

「うん、伊織ちゃんから聞いてるよ。どうぞ、座って」

撫子がデスクの前のソファを指し示す。遊馬はぎこちない仕草で言われたところへ腰掛けた。

ふふ、と軽やかに微笑み、撫子は部屋の隅に置いてある電気ケトルの電源を入れる。棚から紅茶の茶葉とカップを取り出す後ろ姿を、遊馬は横目でこっそりと眺めている。

腰までの長い髪は、纏めている日もあるが、今日は下ろされていた。緩くウェーブがかかっており、触れれば柔らかいだろうなとつい想像してしまう。

着ている服は、体の線が目立つタイトなニットのワンピースだった。スタイルのいい撫子によく似合っている服装だ。

はっと、あまりに見過ぎていたことに気づき、慌てて視線を撫子から外す。代わりにぐるりと室内に目を向けた。さして広くないこの撫子の研究室は、左右の壁一面が本棚になっており、数多くの書籍が所狭しと詰め込まれている。

棚にある本だけでも相当の数になるが、そこに入りきらないものが箱に入れられ床に直に置かれていた。本が日に焼けないよう、デスクの後ろ以外の窓は常にカーテンが閉められ、照明も最低限の明るさしかなかった。

薄暗い、本に埋もれた小さな部屋は、大輪の花のような彼女には合わないと遊馬はいつも思う。しかし撫子自身はこの場所を大層気に入っているようで、外に出る予定がなければ常にここへ籠っているという。

「はい、遊馬くんの好きなダージリンだよ」

テーブルにティーカップがふたつ置かれた。撫子は、テーブルを挟んで向かいのソファに腰を下ろす。

「あ、ありがとうございます」

「いえいえ。ビスケットもあるから食べてね」

目尻の垂れた二重の目を細め、撫子は遊馬に向かって上品に笑った。遊馬は頬が熱くなるのを誤魔化すように、ティーカップを手に取って紅茶を啜る。

四ツ辻撫子。

杠葉の知人で、文化人類学者であり、三十五歳という若さでこの大学の教授を務めている才女だ。それでいて、誰もが見惚《みと》れるほどの艶《あで》やかな美貌《びぼう》の持ち主でもあった。

遊馬は、杠葉から紹介を受け知り合ったそのときから、彼女に憧れを抱いていた。

聡明で美しく、心優しい上品な人。撫子は遊馬にとって、憧憬《どうけい》してやまない高嶺《たかね》の花であるのだった。

ただ、遊馬がそのことを杠葉に話すと、杠葉はいつも怪訝《けげん》そうな顔した。

杠葉は、幼馴染《おさななじ》みであるという撫子のことを、いつだってこう評す。

——稀に見る変人、と。

「遊馬くん。伊織ちゃんから預かっている物、見せてくれる？」

撫子は紅茶をひと口飲むとすぐにティーカップを置いた。遊馬は「はいっ」と返事をし、背負ってきたスポーツリュックのファスナーを開ける。

中に、風呂敷に包んだ木箱を入れていた。遊馬は風呂敷包みのままそれをテーブルに置いた。

「ありがと」

撫子が自分のほうへと引き寄せる。綺麗に爪に色の塗られた指先で、撫子は風呂敷の結び目を解《ほど》いていく。

平たい木箱は、さらに赤い組紐《くみひも》で封がされていた。撫子は躊躇うことなく紐も解き、木箱の蓋を開けた。

中には手鏡が入っている。木製で、鏡面の裏側には蓮《はす》の絵柄が彫られている。

「ああ……なんて素敵」

撫子はそれを手に取り、うっとりと呟いた。

確かに彫り物は綺麗だが、木の部分は黒ずんでいるし鏡面は曇っている。とても素敵とは言えない代物だ。それでも撫子は、愛《いと》しい者に触れているかのような表情で、古びた手鏡を眺めていた。

その手鏡には、ある曰くがある。

長く人の住んでいない洋館を取り壊す際、片付けに訪れた人がとある部屋で見つけた物だ。洋館では、かつて殺人が起きていた。手鏡のあった部屋は、殺された夫人の使っていた部屋であり、手鏡は夫人が毎日のように愛用していた物であった。

夫人が夫に刺し殺された際に胸から溢れ出た血を浴びたのだろう、見つけたとき、手鏡はどす黒い血に塗《まみ》れていた。発見者は初め、洋館と共に処分しようとしたのだが、血を浴びていない手鏡の裏面を見ると、見事な蓮の花が彫られていた。

これは捨てるには惜しいと、発見者は手鏡を持ち帰った。鏡面の血をふき取り、柄の表面を丁寧に削って、綺麗な状態に戻して使った。数日後、発見者は、家の階段から落ちて頭を割って死んだ。

その後も手鏡はなぜか捨てられることなく、人々の手を渡り続けた。手鏡を所有した人たちは、誰もが不可解な死を遂げていた。

いつからか手鏡は、呪いの手鏡と恐れられるようになった。きっと、殺された夫人の血と共に、悔恨と憎悪の思念も浴びてしまったからだろう……。

という、三秒で考えたようなどこにでもある噂が付けられ、コレクターの間を転々としていた品が、この手鏡であった。どこからか話を聞きつけた撫子から手に入れるよう頼まれた杠葉が、渋々探して購入した物だ。

「それで、遊馬くん、これどんな臭いがする？」

はっとして顔を上げると、撫子が瞳をめいっぱいに輝かせてこちらを見つめていた。撫子は、それが本物の呪いの手鏡と信じて疑っていないようだ。

「甘い？　生臭い？　煙たい？　それとも、もっと刺激的な香り？」

「あーっと、うーんと」

遊馬は言葉を濁し、目線をあちらこちらへ泳がせる。さてどう言おうか。どうしようか。困りつつ思案していると、突然撫子の手に両頬を包まれ、顔をぐいっと引き寄せられた。

無理やりに目を合わせられる。間近に撫子の美しい顔があり、遊馬は呼吸を止める。

「遊馬くん？」

「は、はいっ」

「どんな臭いがするのかな？　お姉さんに教えて？」

こくりと首を傾げる仕草がなんとも愛らしい。遊馬は「あへ」とついだらしない声を上げてしまったが、撫子への優しい嘘《うそ》を吐《つ》くことはできなかった。

「あの、す、すみません。実はそれ、何も臭わないんです」

「えっ……え？　まったく？　臭わないって？」

「はい。怪異の気配もなく、すみません……」

何も悪いことはしていないのに二度も謝ってしまった。

撫子はゆるゆると遊馬から手を離し、わずかに震えるその手で鏡をふたたび抱き上げる。

「じゃあ、この子は、呪いの手鏡じゃないってこと？」

眉を八の字にし、見るからに悲しみに満ちた表情を浮かべ、撫子は言った。遊馬は胸が痛むのを感じる。しかし、嘘を吐くほうが、きっと余計に悲しませてしまう。

「えっと、たぶん。紅葉さんもただの物だって言ってましたし」

「そんなぁ」

「や、おれとしても、呪われた鏡じゃなくて非常に残念ですけど」

呪われていなくて残念とはどういうことだ、と内心で自分に突っ込みながら、遊馬はなんとかして撫子を慰めようと試みる。が、遊馬の慰めなどなくとも、撫子は勝手にひとりで顔を上げる。

「いや、まだわからないよね」

手鏡をぎゅっと胸に抱き、撫子は下がっていた眉尻を決意と共に吊《つ》り上げた。

「遊馬くんのことは信用してるけど、やっぱりちゃんと自分で調べないと。もしかしたら本当にこの子、呪われてるかもしれないし。この子の曰くを精査して、事件を調べて、辿《たど》ってきた道筋をなぞって」

強く頷く撫子に、遊馬も頷き返すしかなかった。杠葉もこうなることはわかっていたことだろう。

「あの、気が済んだら返してって杠葉さん言ってました」

「うん。もしも呪われてなかったらねぇ」

「ほ、本物の呪いの手鏡だったら？」

「それはもちろん、わたしがずうっとずうっと大事にして、たっぷり愛してあげるに決まってるでしょ？」

撫子は紅潮した頬に手鏡を摺《す》り寄せた。これが猫に頬擦りしているならば大層微笑ましい図であるが、相手は呪われているという噂のある手鏡だ。

遊馬は撫子のことが好きだが、こういうところは毎度少々引いてしまう。

「うふふ、堪《たま》らない。わたしのことも呪ってくれるといいなぁ」

「あ、で、ですね」

四ツ辻撫子は、魅力的な女性であり、文化人類学における若き優秀な学者である。且《か》つ、呪いや怪談、怪奇現象に不穏な土着信仰など、骨の髄まで怪異を愛した、筋金入りの怪異研究家でもあるのだった。

呪物《じゅぶつ》の類に目がなく、曰くつきの品を蒐集《しゅうしゅう》するのが生きがいで、怪異譚《たん》を貪《むさぼ》り、引きこもるのが好きなくせに、奇怪な民話や都市伝説を聞けばそれらを調査するために途端にフットワークが軽くなる。

怪異を前にした撫子は、まさしく杠葉が評するとおりの変人であった。

遊馬にとっては、自分の体質を知り受け入れてくれる、数少ない理解者のひとりでもあったが。

「そうそう、この子手に入れるの大変だったでしょ。伊織ちゃんにありがとって言っておいてね」

思い出したように撫子が言う。

「あ、はい。伝えておきます」

「嫌な顔しながらもちゃあんとお願い聞いてくれるんだから。伊織ちゃんって本当に可愛い子」

「はあ」

杠葉に「可愛い子」なんて言えるのはこの人くらいだろうと思いながら遊馬は曖昧に頷く。

杠葉と撫子の関係は、ただの幼馴染みであり腐れ縁だと聞いているし、遊馬もそう信じている。ふたりは小学生のときに知り合ったそうだが、きっかけは杠葉の祖父にあったようだ。祖父も根っからのオカルトマニアであり――そう、がらくた堂の棚は、オカルト好きの彼が集めた曰くつきの品ばかりが並んでいるのだ――祖父と撫子が大層仲のいい友人だったとのこと。

彼らは、並ぶ品々のすべてに怪異とロマンが詰まっていると信じていた。もちろん大半は眉唾物で、ただのがらくたであった。本物の怪異などそうそうあるものではない。ただし、まったくないわけでもないが。

「ところで、最近何か面白い話はないの？」

手鏡を愛《め》で終えた撫子は、木箱に丁寧にしまいながら歌うようにそう訊いた。撫子の言う「面白い話」とは、もちろん怪異に纏《まつ》わる話である。

遊馬は迷ったが、昨日のことと、今朝方見た夢のことを撫子に話した。撫子は杠葉と違い、心底興味深げに遊馬の話を聞いていた。

「なるほどぉ。怪異の記憶ねえ」

撫子は頬に手を当て、ほうっと艶のある溜め息を吐く。

「いいなあいいなあ。わたしもそういうの見たいなあ」

「おれだってごく稀にですよ。思うように見られるわけじゃないし」

「けれどきみにしかできないことだよ。さすが、神の子だねえ」

撫子は目を三日月の形に細め、ぞっとするほど美しい表情で笑う。

「……やめてください」

「ふふ、怒った？　ごめんね。許して」

「怒ってませんけど。別におれ、特別な力があるわけでもないし、だから神の子って言われるの、身に余るっていうかなんていうか」

「そっかそっか」

撫子は笑顔のままでうんうんと頷く。遊馬は知らず力んでいた肩の力を抜いて、がしがしと髪を掻いた。

「そんなわけで、お客さんからの相談を解決できなくて。でもおれとしてはまだ何かやれそうな気がしてるんですよ」

相談内容へ話を戻す。昨日の時点では、遊馬はヤマビコさんを人を呪う恐ろしい怪異だと思っていた。しかし、ヤマビコさんの夢を見て、そうではないかもしれないと考えた。

厄介であることには変わりない。けれどヤマビコさんは、本当に、我々に対処できないほどの怪異であるのだろうか。

どうしても、何か方法がある気がしてしまうのだ。和羽の相談を解決するための方法が。

「ふうん、なるほどぉ」

と撫子はふたたび呟いて、右手の人差し指を赤い唇へ当てた。

「ヤマビコさんなら前に調べたことがあるよ。うふふ、人の真似をするなんて、可愛らしい子だよねえ」

「そうなんですか？　なら、どうしたらいいかもわかりますか？」

「んー、どうしたらいいか、って部分は、もう解決してる気がするんだけど」

「え？　それって、どういう」

「それじゃあ、怒らせちゃったお詫《わ》びに、悩める遊馬くんへアドバイスしてあげようね」

「だから怒ってないですって」

「あのね」

人差し指が遊馬へと向けられる。

「人と怪異との物差しは同じではないからね。人の理を一歩出ればそこには善と悪もないし、利と害もない。根本的な行動原理や考え方が違うから、たとえば怪異が人の真似をしようとしても、同じようにはならないの。真似事が上手な怪異もいるけれど、それはその怪異の生まれ持っての特性のおかげね。基本は、同じことをしているようでも、どこかずれてしまうわけ」

「はあ。ええ」

「人も人で、自分の理屈で考えちゃうと、怪異の真意から外れた答えを出してしまう。だからね、こちらが怪異の気持ちに寄り添ってあげないといけないよ。身も心も怪異になりきって考えてあげるの。この子は何を思ってこうしたのかな。これにどんな意味があるのかなって。愛情たっぷりに考えるの」

撫子が自らを抱き締める。遊馬はもう一度「はあ」と気の抜けた返事をした。

遊馬は考える。つまり、人にとっては迷惑としか受け取れない行為が、怪異にとっては違う思惑によるものだったりする、ということだろうか。

野生動物の死体。大量の川魚。茂った草花。おびただしい数の玉虫。そして、昨夜の夢と、和羽の言葉。

――でも、この祠に来たら、どうしてか全然嫌な感じがしなくて。むしろ、温かく出迎えてくれているような気がしたんですよ。

身の回りに起こる怪異にあれほど怯《おび》えていた和羽が、なぜあの祠に対し少しも恐れを抱いていなかったのか。なぜ、そう思わせるほどに、あの祠に棲み付く怪異は和羽たちを受け入れたのか。

……もしかして。

「ヤマビコさんは、森山さんを呪ってあんなことをしているわけじゃない？」

ぽつりと漏らした自分の言葉は、きっと当たっているのだろうと思った。

「うふふ、どうかなあ。わたしはその子に会ったことがないからねえ」

撫子は鈴の音のような声で言う。

遊馬はばっと立ち上がった。リュックを左肩に背負い、撫子へ頭を下げる。

「おれ、帰りますね。お話聞いてくださってありがとうございます」

「うん。気をつけてね。伊織ちゃんによろしくねぇ」

ひらひらと手を振る撫子に見送られ、遊馬は研究室を出た。そのまま急いでがらくた堂へ帰る。ロードバイクのギアを、いつもよりもひとつ重くする。


肉に魚。豊かな植物。そして美しく装飾品にもなる虫。

かつてヤマビコさんは、山に祠を建て感謝を伝え続けてくれた男とその子孫たちの、真似をした。彼らがヤマビコさんに様々な捧げ物をし、大切にしたように、ヤマビコさんも彼らの望む物を与え、大切にした。

もしかして、ヤマビコさんは今も真似をし続けているのだろうか。

祠を建てた男の子孫である和羽たちに、良い物を与え、今もなお、大切に守っているのだろうか。

「紅葉さん！」

息を切らして店に入ると、紅葉がカウンターで電話をしているところだった。古めかしい黒電話の受話器を耳に当てた紅葉は、ちらと遊馬を見ると、なぜか小さく笑みを浮かべた。

杠葉はすぐに受話器を置く。遊馬よりも年上の黒電話がチンと音を鳴らす。

「おかえり遊馬くん」

「た、ただいまです。すみません、電話中に大きな声を出して。でも、杠葉さんにお話ししたいことがあって」

「うん。車の中で話そうか」

「え？　今からどこか行くんですか？」

遊馬が訊ねると、杠葉は頷いた。立ち上がり、ロッキングチェアの背に掛けていたグレーのジャケットを羽織る。

「森山さんのおうちだよ。どうやら大変なことがあったみたいだ」

「あ、え、大変なこと？」

「ほら、行くよ」

杠葉はカウンターの引き出しから鍵を取り出すと、表の店の戸を閉め、ダイニングルームの勝手口から外へ出た。勝手口はそのまま駐車場へと繋がっている。紫のボレロが、今日も大人しく止まっている。

運転席に乗り込む杠葉に続き、遊馬もわけがわからないまま助手席へと乗車した。シートベルトを締めるとすぐに車は発進する。昨日通ったばかりの道を、ボレロは今日も安全運転で進んでいく。

「杠葉さん、森山さんたちは呪われているわけじゃなかったんですよ」

遊馬はすぐにそう告げた。確かめる術《すべ》はない、が、確信していた。

ヤマビコさんは神守の一族を呪っていたわけではない。むしろ逆だ。長い年月、見守り、大切にし続けた。そこに情などないかもしれない。けれど『ヤマビコさん』という怪異の中にはもう刻まれてしまっていた。この一族にすべてを与え、守り続けるのだと。

「そうだろうね」

あっけらかんと杠葉は答える。遊馬は思わず隣を二度見した。運転中の杠葉は真っ直ぐ前を向いている。

「そう、そうだろうねって。え？　まさか杠葉さん、気づいていました？」

「うん」

誤魔化しもせずそう言い、ぽかんと口を開ける遊馬へ、杠葉は話し始める。

「あの土地の民間伝承として語られていて、本にもいくつか話が残っていた。人の行いの真似をする妖怪が山にいて、ヤマビコさんと呼ばれているって。山でいいことをしたらいいことが返ってくる。悪いことをしたら悪いことが返ってくる。因果応報。だから清く正しく生きなさいって感じの民話になっていたんだけど」

それは図書館の郷土資料コーナーに置かれている、その土地の昔話をまとめた本に載っていたそうだ。書籍自体は比較的新しく、子どもでも読みやすい挿絵付きの愉快な本だったとのこと。

「ヤマビコさんについての逸話が書かれていてね、ヤマビコさんのために祠を建てた男が、ヤマビコさんから大きな家を貰ったんだって。そのお礼に食べ物の捧げ物をしたら、今度はヤマビコさんから猪の肉を貰ったと。それを読んで、もしかして森山さんも同じことをされているんじゃないかって思ったんだ」

つまりすべては、かつて山に祠を建てた男の一族への、ヤマビコさんからの善意の真似事であったのだ。

本の内容を鵜呑《うの》みにしたわけではなかったが、遊馬の夢の話を聞き、民話の内容が事実であると確信したらしい。

「やあ、ありがとうね遊馬くん。夢を見てくれて」

「いや、いやいや、ちょっと待ってくださいよ。確信したのがおれの夢だとしてもですよ。その話を知ってたんなら、なんで昨日言わなかったんですか！」

和羽にそう告げていたら、多少は心の負担も少なくなったかもしれない。理由を知ったところで怪奇現象が止《や》むわけではないが、危害を加えられないとわかれば怪異に対する恐ろしさも多少は減るだろう。それなのに杠葉は、むしろ突き放すようなことを言い、結果和羽を泣かせたのだ。

「言ったでしょう。僕らにはできることとできないことがあるって」

「でも、ヤマビコさんのことがわかったなら、対処のしようはあるかもしれないじゃないですか」

「そうじゃなくて」

ボレロは赤信号で止まる。交差点の手前に昨日寄り道した喫茶店があったが、今日の杠葉は見向きもしなかった。

「あの家、古いし、危ないでしょ。素人が自分の手で直したくらいじゃとてもまともに住める状態にはならない。プロの手でしっかりリフォームするか、いっそ建て替えないと、きっとすぐに事故が起こるよ。でも、そんなお金はないって言うじゃない」

杠葉は横目で遊馬を見た。遊馬はさっきからずっと、杠葉の形のいい横顔を見続けている。

「まさか、杠葉さん」

「まあ、上手《うま》くいくかどうかは自信なかったけど」

「ちょ、え、嘘ですよね。わざと森山さんにあんなことを言わせたんです？」

遊馬が言うと、杠葉はくすりと笑った。

「怪異の思惑はどうあれ迷惑は被ったわけだし、恩恵をできる限り享受するのも悪くないでしょう」

信号が青に変わり、ボレロが前へと進む。

遊馬はしばらく楽しげな横顔を眺めていたが、やがて首を振り、額に手を当てた。

「あの……つかぬことをお伺いしますけど、森山さんに起きた大変なことって？」

「それは着いてからのお楽しみ」

目的地はとんでもないことになっているかもしれない。遊馬はもう何も言わず、車窓からの景色をひたすらに見ていた。


ボレロは森山家に到達することができなかった。付近まで行くと、パトカーや消防車で道が塞がれていたからだ。

道の端に車を止め、歩いて森山家に向かう。途中で警察に止められたが、和羽に呼ばれてきたと言うと、和羽のもとまで案内された。

和羽は道端で、新菜と共に毛布にくるまれ蹲《うずくま》っていた。そばには昨日田んぼで見かけたおばさんの姿もあり、なだめるように和羽の背を擦っていた。

「森山さん」

杠葉が声を掛けると、和羽はゆっくりと顔を上げた。血の気のない、死人のような顔をしていた。

「杠葉さん……遊馬さん」

「お待たせして申し訳ありません。お怪我《けが》はありませんでしたか」

「い、いえ。新菜は保育園に、私は仕事に行っていましたから。こちらこそ、電話してしまってすみません。パニックになっていて、つい」

「構いません。むしろ、ご連絡をくださってよかった」

杠葉は縮こまっている新菜の頭を撫でると、視線をある場所へと向けた。遊馬も同じところを見る。

そこは、和羽の家があった場所だった。

そう、昨日までは確かにあったのだ。けれど今は、なかった。無残にも崩れ落ちてしまっていたのだ。

柱が折れ、壁が砕け、屋根がひしゃげて雪崩《なだ》れている。駐車場のコンクリートも大きくひび割れ、ところどころ土が剝《む》き出して見えていた。

異様な光景だった。大地震でも起きたかのようだが、近くの家々に同じ状況になっている建物はない。和羽の家だけが、崩れたのだ。徹底的に破壊された。

なぜか。

和羽がこの家に住むことを拒んだからだ。だからヤマビコさんは、この家を壊した。それが、和羽の望みだったから。

「杠葉さん……やり過ぎでは」

遊馬はこそっと耳打ちする。恐らく杠葉は昨日の時点でこうなる未来を思い描いていた。だから和羽に「もう住みたくない」と言わせたのだ。わざとそう望ませ、その望みをヤマビコさんに聞かせた。

「そう？　命があれば十分でしょう。元々物も少なかったしね。大事な物があっても、燃えたわけでも水に流されたわけでもなし、瓦礫《がれき》の中を捜せば見つかるんじゃないかな」

「ですけど、家なくなっちゃったんですよ。これはまずいでしょうよ」

「確かにしばらくは家がないけど、部屋を貸してくれる人はいそうだし、それに」

和羽と、彼女らに寄り添う近所の人たちを一瞥《いちべつ》し、杠葉はもう一度変わり果てた家を見た。

　そのとき、警察官のひとりが慌てた様子で駆け寄って来た。制服姿の中年の男性だ。近所の野次馬と親しげに話していたから、地元の交番の警察官だろうか。

「あ、あの、ちょっと見ていただきたい物が」

　呼ばれた和羽が力なく立ち上がる。杠葉が「僕らもご一緒しても？」と問うと、和羽は消え入りそうな声で「お願いします」と答えた。

　遊馬は、足元の覚束《おぼつか》ない和羽を支えながら崩れた家へと向かう。他の警察官や消防隊員がまだ検分している中、交番の中年警察官が、ひび割れたコンクリートの隙間を指さす。

「あの、これってもしかして」

　中年警察官が言った。ひび割れから見える土の部分に、野球ボールほどの大きさの石が半分顔を出していた。杠葉が拾い上げ、付いた土を払う。

　歪《いびつ》な形のその石は、一部に美しい黄金色を纏い、陽光を浴びて輝いている。

「金だ」

　杠葉が呟いた。周囲の人間がざわついた。

「遊馬くん、ちょっと近くを見てみて」

「は、はい」

遊馬はスマートフォンのライトを点灯し、地面のひび割れに向けた。軽く見渡すだけでも似たような石が……金鉱石がいくつも転がっているのがわかった。コンクリートをすべて剝がし、崩れた建物の下も探せば、恐らく大量の金を見つけることができるだろう。

「確かにこの辺りには昔、金鉱山がありましたけど、すぐに採れなくなり閉山したと聞きました。まさか、ここまで上質な金がまだ眠っているとは。しかも、こんな大きさで」

中年警察官は素直に驚いている。しかし遊馬には、とてもこれが自然の物とは思えなかった。

いくらなんでもこんな大きさの金鉱石が、人の住む土地の地上近くに大量に埋まっているはずがない。こんなこと、偶然に起こり得るはずもない。

――お金があれば……お金さえあればいいのに。

和羽の叫びを聞いた、ヤマビコさんの贈り物でなければ、起こり得るわけがないのだ。

「発掘されたのが遺跡や文化財なら遺失物として届けなければいけませんが、これは森山さんの土地にあった、大地からの恵みですからね。大規模に採掘するわけでもなし、貰ってしまってもいいのでは？」

紅葉は、このあり得ない現象をあくまで偶然発見した自然の恩恵とするつもりのようだ。不幸中の幸い。運がいい。もちろん、中にはそんなはずないと疑惑を抱いている人もいるだろうが、とはいえ誰かにできることではないし、怪異のせいなどとは思うはずもない。幸運なのだと考えるほかないだろう。

「あの、私……」

和羽はまだ理解が追いついていない様子だった。ぽかんとしたまま立ち尽くしている。

紅葉はそんな彼女の手に大きな金鉱石を握らせた。

たとえ他人がどう判断し、この石をどう扱おうとも、いずれは必ず和羽の手元に渡るのだろう。これはすべて和羽の物だ。ヤマビコさんが、和羽のために返したものなのだから。

「この量なら相当な額になるでしょう。家も建て直せますし、当分お金に困らず親子ふたりで暮らせますね」

紅葉が微笑む。その顔をじっと見つめていた和羽の目から、やがて大粒の涙が溢れ落ちた。

新菜が駆け寄ってくる。和羽は泣きながら娘を抱き締める。

ありがとうございますと和羽は言った。遊馬たちに言った言葉だろうが、遊馬は、それが本当に送るべき相手へ届いているようにと、心の中で願っていた。


回収された金鉱石は、杠葉の伝手《つて》で信用の置ける機関に鑑定に出した。不純物も混じっていたから純粋な金だけだと量は減るだろうが、だとしても相当な額に換金できることは確実であった。

後日、生活が多少落ち着いたとの連絡を受け再度和羽たちのもとを訪れ、杠葉のしでかしたことへの詫びと、ヤマビコさんの話をした。

そして、和羽と新菜、杠葉と遊馬の四人でヤマビコさんの祠に行き、感謝の気持ちをヤマビコさんへ伝えた。

「もう大丈夫。自分の足で歩いて行けますから。これからは、私と娘のことを静かに見守っていてくださると嬉しいです」

祠に手を合わせ、和羽はそう言った。

そのとき、和羽の前に白い靄《もや》のようなものが見えた。その靄は、一度頷くと、さあっと霧が晴れるように消えた。

気のせいかもしれない。けれど遊馬は、それがヤマビコさんだったのだと思うことにした。

もう大丈夫。出会ったときとはまるで違う晴れ晴れとした和羽の表情を見て、遊馬もこくりと頷いた。

第二話　少女の箱庭

「うん。毎日ちゃんと食べてるよ。ありがとね」

　耳に当てたスマートフォンに向かい、遊馬悠人は何度目かのお礼を言った。スピーカーの向こうの祖母はなおも心配する言葉を繰り返しており、遊馬は思わず苦笑してしまう。

「おれは元気にやってるから大丈夫だって。今は貯金もできてるし、お金にも困ってないよ。たぶんもうすぐばあちゃんたちに仕送りもできるようになるからさ、楽しみに待っててよね。うん、うん、だからおれには仕送りいらないってば」

　片手にスマートフォンを持ち、片手で財布と水筒、それからタッパーをひと箱スポーツリュックに入れていく。タッパーにはお手製の大学芋が入っていた。祖父母から届いたばかりのさつまいもで作ったものだ。美味しくできたから、杠葉にもお裾分けすることにしたのだった。

「じゃあ、おれ仕事行かなきゃいけないからもう切るね。また電話する。野菜ありがとね」

うん、うん、と祖母に数度相槌《あいづち》を打ち、遊馬は通話を切った。スマートフォンを放り込んでからリュックを背負い、家と自転車の鍵を摑んで、履き古したスニーカーで家を出る。

アパートの小さな花壇に大家さんが水遣りをしていた。大家さんは遊馬に気づくと「あら」と声を上げる。

「遊馬くんおはよう。まだお仕事行ってなかったの？」

階段を駆け下りた遊馬は、真っ直ぐに花壇横の小さな自転車置き場に向かい、ロードバイクの鍵を外した。

「実家のばあちゃんと電話してたら遅くなっちゃって」

「そう。急いでても安全運転しなきゃ駄目よ」

「了解です。いってきます」

大家さんに手を振りペダルを踏み込んだ。急ぎつつも安全に、昨日も通った通勤路を、今日も自転車で駆け抜けていく。

雇い主である杠葉伊織は時間などたいして気にしておらず、遅刻したところで遊馬を叱ることはない。とはいえ一応出勤時間は決まっているし、それを守るのは社会人としての最低限の責任だと思っているから、遊馬は律義に決まりどおりに出勤している。

案の定、どうにかぎりぎり間に合った遊馬を、ぎりぎりと気づいていないのだろう杠葉はまったくもっていつもどおりに出迎えた。今日も変わり映えのないシャツを着て、ストライプのナロータイを着けていた。

「おはよう遊馬くん」

「おはよう、ございます」

優雅にコーヒーを飲んでいる店主に挨拶を返しながら、遊馬は汗を掻いた額を拭った。ほうっと息を吐くと、肩の力が全部抜けていく。

「そうだ、大学芋作ってきたんですよ。結構いい感じにできて」

スポーツリュックからタッパーを出した。蓋を開けると杠葉が目を輝かせる。普段は食に無関心な杠葉が、自分の料理には興味を持ってくれることを、遊馬は密《ひそ》かに嬉しく思っている。

「美味しそうだね、あとでおやつに食べようか」

「ですね。冷蔵庫に入れておきます」

「あ、でも、今日はおやつ食べられない可能性もあるから、今食べておいたほうがいいかな」

　杠葉の呟きに、遊馬は、「どういうことです？」と冷蔵庫の取っ手に手を掛けながら問いかけた。「実はね」と杠葉が答える。

「昨日、遊馬くんが帰ったあと電話が入って。今日お客さんが来ることになっているんだよね」

「お客さんって、どっちのですか？」

「怪異相談のほうだよ」

　立ち上がった杠葉が、コーヒー用の湯を沸かし始めた。遊馬は棚から小さな皿を二枚出して、蜜のたっぷりかかった大学芋をそれぞれに並べた。

　遊馬の分のコーヒーと、杠葉のおかわりができたところで、早すぎるおやつタイムを取りながら、昨夜掛かってきたという電話の内容について聞いていく。

「まだ簡単にしか話せていないんだけれどね。というか、向こうがこちらをあまり信用していないみたいで、そんなに教えてくれなくて。直接来る前に電話してきたのも疑っていたからだろうし」

「気持ちはわかりますよ。ぶっちゃけおれたち胡散臭《うさん》いですもんね」

「だね。それで、電話口の彼女が言うには、お姉さんを助けて欲しいとのことで」

「お姉さん、ですか」

紅葉は頷き、続きを話す前に大学芋をひと口齧《かじ》った。表情からして美味《うま》いと感じてくれているようだ。遊馬もひと欠片《かけら》を頬張る。

「なんでも、お姉さんが眠り続けて目を覚まさないんだって。もう一週間も」

「へえ、普通に病気って話じゃなくて？」

「どうだろう。病気ならもちろん僕らの手には負えないけれど。でも相談者さんは、何か心当たりがあって僕らに連絡してきたようだよ」

紅葉がにこりと笑う。

遊馬は首を傾げながら、大学芋をもうひとつ口に放り込んだ。


相談者は訪問時間を告げていなかった。しばらく待つことになるだろうかと思っていたが、彼女がやって来たのは店を開けて間もなく、午前九時をわずかに過ぎた頃だった。

「あの」

店先の掃除中に声を掛けられ、振り向いた先にいたのは、十代半ばの少女であった。紺色の襟元に赤いスカーフを巻いたセーラー服、化粧気はないが綺麗な肌に、まだ幼さの残るあどけない顔立ち。くっきりした二重の目と、腰まで伸びた癖のない黒髪が印象的な子だった。

保護者や友人らしき姿は付近になく、少女はひとりでそこにいた。

「怪異相談のお店ってここで合ってますか？」

少女はやや早口でそう言った。遊馬が頷くと、少女は「戸塚《とつか》です」と名乗った。

昨日電話をしてきたという相談者の名だ。

「あ、はい、戸塚さんですね。お待ちしておりました。どうぞ中へ」

相談者が未成年だとは思っていなかった。平日のこの時間に学生がひとりで、という困惑はあったが、とりあえず少女を店内へ促す。

「……お邪魔します」

まだこの店を信用しきっていないのだろう、少女の表情は硬い。それでも律義に頭を下げ、中へと足を踏み入れる。

遊馬は少女を二階の応接間に案内した。間もなく杠葉が、二杯のブラックコーヒーと一杯のカフェオレを持って応接間にやってくる。

コーヒーの濃く香る室内で、杠葉と遊馬、そしてセーラー服の少女がテーブルを挟んで向かい合った。

「怪異相談処、がらくた堂の杠葉と申します」

「遊馬です」

杠葉と遊馬がそれぞれ名刺を渡すと、少女はそれをまじまじと見てから、

「戸塚ルカです」

と小さな声でフルネームを口にした。

「あ、えっと、ルカさんは高校生？」

訊ねた遊馬に、ルカは首を横に振る。

「中学生です。中二」

「そう……あの、今日って平日だけど、学校はどうしたの？」

「サボりました。親にもここに来てることを言っていません」

表情を変えずにルカは言う。遊馬は思わず隣の杠葉を見た。杠葉も表情を変えず、淹れ立てのコーヒーを優雅に飲んでいる。

大丈夫だろうか、と遊馬は思った。女子中学生が親にも学校にも無断でこんな怪しげな店にひとりで来ているなど、下手をすると怪異よりも面倒なことになりかねない。

「大丈夫です。もしばれたとしても、今はカレンが……姉があんな状態だから、あ

たしも心がいろいろ落ち着かないんだろうって思われてるんで。一日学校サボるくらいじゃ怒られないし、ちゃんと家に帰れば、たぶん追及もされないです」

窘《たしな》められることを想定していたのだろう——もしくはそこを気にするかどうかで遊馬たちがまともな人間であるか確かめるつもりだったのかもしれない——ルカは先制してそう答えた。

遊馬は曖昧に頷きながら、再度横目で杠葉を見遣る。

杠葉は、コーヒーカップをテーブルに置き、手本のような綺麗な笑みを浮かべた。

「なら安心ですね。ゆっくり話もできます」

遊馬はふたりに聞こえないよう小さく溜め息を吐いて、ルカに、まずはカフェオレをひと口勧めた。ルカは少し躊躇っていたが、恐る恐るといった様子でカップに口を付けた。

「……甘くて美味しい」

こくりと喉を動かしたあと、ルカが言う。

「そうでしょう。あなたが落ち着けるようにと思って甘いものにしてみました」

杠葉が花の綻《ほころ》ぶような表情で答えた。ちらと杠葉を見たルカの頬がたちまち赤くなる。

「では、お話を聞かせてもらってもよろしいですか」

杠葉の言葉にルカは頷き、両手にカップを持ったまま話し始めた。

「電話でも言いましたけど、あたしの姉のことを助けてもらいたくて。一週間前からずっと眠ったまま、目を覚まさなくなっちゃったんです」

「お姉さんは、カレンさん、と言いましたね」

「そうです。カレン、前の日までなんともなかったのに、次の日の朝になったらどれだけ起こそうとしても起きなくって。お父さんたちが大きな病院に連れてって、いっぱい検査してもらったんですけど、何か薬を飲んだ形跡はないし、脳にも体にも異常はないって言われました。ただ、眠っているだけの状態だって」

ルカはだんだんと俯いていく。しかし時折詰まらせながらも言葉を止めることはない。

「カレンはまだ入院しています。お父さんは、今のところじゃ駄目だからって他の病院を探してるみたいだけど、あたしは、どこに行ったって同じことを言われるんじゃないかって思ってる。病院なんかじゃどうにもならないから」

両手に握り締めたカップに浮かぶ液面を、ルカはじっと見つめていた。

眠っている。しかし本当に眠っているだけならば、一週間も目を覚まさないはずがない。原因はあるはずだがわからない。両親も医者も、手をこまねくしかない状況に困惑していることだろう。

「それで、ルカさんは僕たちのもとへ相談しに来てくださったと」

紅葉の言葉にルカは頷く。

「怨霊《おんりょう》とか呪いとか、そういうのを祓ってくれる人を探してたら、SNSでここの話を聞いたんです。だから駄目元みたいな感じで電話してみました」

正直すごい嘘っぽいって思ったけど、とルカは本当に正直に言う。

「呪い、ですか」

紅葉が呟いた。

「つまりルカさんは、カレンさんが呪われていると考えているんですか？」

「……わかんない、けど。可能性はあるって思ってます」

「なるほど」

ルカは、カレンの置かれた状況に心当たりがあってここへ来た。カレンが眠り続ける原因は、病院で対処できるものではないとわかっているのだ。

怪異がかかわっている。そう知って、がらくた堂を頼ってきた。

「実は、カレンが目を覚まさなくなるちょっと前から、あたし、変な夢を見るようになったんです」

「夢？」

と訊き返した遊馬に、ルカはこくりと頷いた。カフェオレをひと口飲んでから、一度短く息を吐き、話を続ける。

「同じ夢を、何回も見ました。現実的じゃないのに、妙にリアルな夢。しかもそれ、あたしだけじゃなくて、同じものをカレンも見てたし、他にも何人かの友達が見てたんです。最初はなんか面白いねって笑ってたんだけど、だんだん気味悪くなってきて」

でも、と小さな声でルカは言う。

「カレンが目を覚まさなくなった日から、見なくなったんです。他の子たちもそうだって。この一週間、一回も見てないって」

かすかに震えた少女の声が、古い部屋の壁に響かず消えた。

遊馬は、ルカの暗い表情のわけを、怯えているからだと思っていた。もちろん恐怖や不安もあるだろう。だがルカの心にはそれ以上に後悔と罪悪感があったのだ。

同じ夢を見たことがカレンの眠りに関係しているならば、自分も少なからず怪異に触れていたはずだ。それなのに、カレンだけが怪異に囚われてしまった。自分はこうして無事のまま。

どこにも響かない声の中、ルカの憤りが聞こえてくるような気がする。

「その夢は、どんな夢だったんでしょうか」

杠葉が問う。ルカはほんのわずか沈黙してから、口を開いた。

「知らない町にいるんです。人はいないけど、どこにでもありそうな普通の町。しばらくひとりで歩いてると、いつの間にか人形が目の前に立っていて、あたしを案内するみたいに歩き出します」

「人形？」

「はい。小さい子が遊ぶような女の子の人形です。フリフリの服に、目が青くて、茶色い髪にリボンを着けた女の子。夢の中のあたしはその人形が動いていることになんの疑問も持ってなくて、前を歩く人形を追いかけていくんです。でも、いつも、途中で見失っちゃうんですよ。どこ行ったんだろうって思ってたら目が覚めて」

ルカは鞄からスマートフォンを取り出し、何度か操作をしたあとで、遊馬たちに画面を見せた。おもちゃの通販サイトが開かれており、『ピッピちゃん』と商品名の書かれた人形の画像が表示されている。つぶらな目が可愛い、ままごと用の女の子の人形だ。

「まったく同じってわけじゃないけど、こんな感じのです」

「へえ……普通にそこらへんに売ってそうな人形ですけどねえ」

「ルカさんはその夢の中の人形に、現実で覚えはありますか？」

杠葉の問いにルカは首を横に振った。

「ない、と思います。小さい頃は着せ替え人形みたいなのを持ってたけど、あれとは全然違ったし。カレンもこういうのは持っていません」

ルカはスマートフォンを鞄にしまう。遊馬は、可愛いはずのピッピちゃんが自力で歩いているところを想像して、背筋に寒気を走らせていた。

「同じ夢を見たというカレンさんや他のご友人も、見ている人形は一緒ですか？」

ルカがこくりと頷く。

「たぶん。特徴を教え合ったことがあるけど、同じだったから」

ふむ、と呟き、杠葉は右手の親指を唇に当てた。

沈黙が流れる。遊馬がコーヒーカップを手に取ると、ルカも残っていたカフェオレに口を付けた。

遊馬には、今のところ思いつくことがひとつもなかった。夢に出てくる人形とやらが鍵となってはいそうだが、その人形は現実世界ではルカともカレンともかかわりがないという。だとすると彼女たちと怪異との繋がりが不明だ。何より、ルカから怪異の臭いが少しもしない。

怪異の正体を摑むには、ルカひとりから得る情報だけでは足りない。

「カレンさんに会わせていただくことはできますか？　できればすぐにでも」

遊馬と同じことを考えていたのか、杠葉がそう言った。ルカは少し間を空けてから答える。

「今日はお父さんもお母さんも昼間は病院にいないから、今からならいけます」

杠葉が頷く。

「けれど、僕らがカレンさんに会うことについて、一応ご両親にはお伝えしたほうがいいのでは？」

「いいえ、親にはここに来ること言ってないし、それに、カレンが呪われてるかもなんて話も絶対できないから。信じてもらえるわけないし。だから、できれば内緒にしてほしいです」

「……そうですか。わかりました」

杠葉が遊馬のほうを見た。遊馬は頷く。正直なところ、こちらとしても怪異を信じていない人間にはあまり接触したくない。九割九分話を聞いてもらえず、ひたすら疑われるだけ、というのは経験上よくわかっている。

今回の件で言えば、保護者にも理解してもらったうえで協力してもらうのが最上の方法だったが、それができないのならば、保護者からひたすら隠れ、行動するしかなかった。怪しさしかないが仕方ない。背に腹は代えられない。

「では、カレンさんのもとへ伺いましょうか」

杠葉が立ち上がる。ルカも鞄を持って腰を上げ、遊馬はみっつの空のカップをトレイに載せた。

カレンが入院している総合病院は、ルカの通う中学校にほど近い場所にあるという。杠葉の愛車、マーチボレロを病院まで走らせ、ルカの案内でカレンの病室へと向かう。

忙しく働く看護師たちが、病棟の廊下を行く遊馬たちのことをちらと見ていた。入院患者の身内である女子中学生が、平日の昼間に親も伴わず見知らぬ男たちを連れてきたのだ、訝しく思うのも無理はない。遊馬はなるべく不審がられないよう、人当たりのいい笑みを浮かべながら、目の合った相手に会釈をしていく。

ルカは、遊馬の努力を横目にも見ず、看護師たちを無視して真っ直ぐに目的の部屋まで足を進めた。

５１２号室。廊下に張られている四枚の表札の一枚に、『戸塚カレン』と名前が記されている。

カレンは、四人部屋の窓側のベッドにいた。正面は空いていて、隣の人は検査か何かで病室にはいない。斜向かいには高齢のおばあさんが横になっている。静かな部屋だった。

「カレン」

カーテンを開け、ルカが呼びかける。返事はない。

「カレンを助けてくれる人たち、連れて来たよ」

丁寧に布団を掛けられ、長い髪を体の横に流しながら、カレンは眠っていた。栄養補給のための点滴がゆっくりと落ち、繋がれた心電計が穏やかな鼓動を刻んでいる。

「あたしの姉です」

ルカが横たわる少女を示し言った。遊馬は少し前に出て、ベッドで眠るカレンの顔を近くから覗き込んだ。

「えっ……」

思わず声を上げる。

印象的な目はぴたりと閉じられていた。しかし、鼻の形や薄めの唇、卵型の輪郭など、カレンの顔立ちは、横にいるルカと瓜《うり》ふたつであったのだ。

「ルカさんたちって、双子？」

振り向くと、ルカは「あっ」と小さく漏らした。

「すいません、もう言ってるって思ってました。あたしとカレン、一卵性の双子なんです」

「や、ちょっと驚いただけだから大丈夫。今回の件は、別に双子であることは関係してないと思うし。ですよね、杠葉さん」

遊馬は後ろにいた杠葉に問いかける。

杠葉は、じっとカレンを見ていた。怪異について探るというより、何かを思い返しているような、どこか物寂しい視線だと遊馬は思った。

ほんの数秒の間を空けて、杠葉が遊馬に目を向ける。

「そうだね。他のお友達もかかわっているみたいだから、双子というのはとくに重要ではなさそうだ。現にルカさんのほうには今は何も起きていないし」

杠葉は視線をルカに移した。ルカは不安そうな顔で双子の姉を見つめている。

「でも、本当に寝ているだけって感じですよね。起こせばすぐにでも目を覚ましそうなのに」

カレンの肌は血色がよく、上下する胸元も安定していて穏やかだ。遊馬の目には、少女が静かに眠っているだけのように見える。

「実際そうなんですよ。お医者さんは、カレンの脳波は夢を見ている状態を表してるって言ってました」

ルカが言う。

「夢を？」

「はい。カレンはずっと夢を見続けているんです」

閉じた瞼の裏で、どんな夢を見ているかまではわからないが。

「夢、かあ」

少女たちが同時に見た夢。そして、一週間もの間、夢の中に閉じこもり続けている少女。

目覚める気がないのか。それとも目覚める方法がわからないのか。目を覚ますことが、できずにいるのか。

「それで、遊馬くん、どう？」

紅葉が短く問う。遊馬はひとつ首を縦に振った。

「臭いはします。でも、ほんの少し、残り香みたいなものだけ」

「残り香？」

「たぶん、本体はここにはいないんだと思います。周囲に臭いがないから、近くにいるわけでもなさそうです」

臭いがするならば、カレンの眠り続ける原因に怪異が関係していることは間違いない。ただ、根幹が別の場所にあるとなると、怪異の居場所と、それを見つける方法を探る必要が出てくる。これは、なかなかに厄介な事案かもしれない。

「なるほど。怪異がカレンさんに入り込んでいるわけではなく、カレンさんの意識だけが怪異の領域に取り込まれてしまっている、という感じかな」

「たぶん……何かしらの理由で、精神が怪異とリンクしてしまったんでしょう」

「怪異と繋がる方法が、夢の中、ということか。カレンさんを目覚めさせるには、怪異そのものを消滅させるか、あるいは、どうにかして怪異にカレンさんの精神を解放させるか」

「あの」

と、ルカが遊馬の腕を掴んだ。

「カレンは助かるんですよね」

少女は訴える。遊馬はカレンを見下ろしながら、咄嗟《とっさ》に口を噤んでしまう。できる限りのことはするつもりだ。ここで終わらせるつもりもない。だが、絶対に助けられるという保証はできない。

遊馬たちには決して特別な力があるわけではないのだ。できることは限られている。どうにもならないという結論を出さなければならない時もある。

だから、期待させるような言葉を不用意に言ってはいけないと、杠葉から聞かされていた。

「大丈夫です。僕らに任せてください」

隣から聞こえた声に、はっと息を呑み、遊馬は杠葉を見た。杠葉はいつもの笑みを浮かべず、真剣な表情でルカと向き合っている。

「ほ、本当ですか？　大丈夫なんですか？」

「ええ。しかし、まだ情報が足りません。可能なら、ルカさんたちと同じ夢を見たというお友達の話も聞きたいのですが」

「あ、はい。友達に聞いてみます」

スマートフォンを取り出したルカは、慣れた手つきであっという間にメッセージを送信した。時間的に授業中だろうが、返事はすぐに送られてくる。

「今日の放課後、いけるって。授業終わったらすぐ」

「わかりました。学校はこの近くでしたよね。僕らは手前の交差点にあったファミリーレストランで待っていますから、ルカさんはお友達の学校が終わったら、一緒にそこへ来てもらえますか？」

「はい。わかりました」

ルカは学校が終わる時間までカレンのそばにいると言う。大まかな時間だけ確認し合い、紅葉と遊馬は病室をあとにした。


昼時だが平日だからか、ファミリーレストランはそれほど混んでいなかった。

窓際の大きいテーブルに座り、とりあえず腹ごしらえをしようとメニュー表を開く。目に付いたものを適当に選ぶと、紅葉もまったく同じ料理を注文した。

「紅葉さん、なんで大丈夫なんて言っちゃったんです？」

頼んだ品はあっという間にテーブルに並ぶ。

遊馬は、オムライスを掻き込みながらじとりと紅葉を見上げた。紅葉はデミグラスソースを絡めたオムライスを上品な仕草で口に運んでいる。

「まさか杠葉さん、怪異の対処法がもうわかったって言うんじゃないでしょうね」

「いや、まだ何も。怪異との接触の仕方も、なぜカレンさんだけがああなったのかもわからない」

「ならどうしてルカさんにあんなことを言ったんですか。大丈夫だなんて、期待させちゃうようなこと」

遊馬は声を低めた。珍しく、杠葉に対しほんの小さな怒りが湧いていた。

杠葉の言葉でルカは、遊馬たちがカレンの目を覚ましてくれると信じてしまったはずだ。もし手立てが見つからなかった場合、ルカをひどく傷つけてしまうことになる。相談者の不安をなるべく取り除くことも我々の仕事のひとつだとは考えているが、そのために責任の取れない約束をするのは間違ったやり方だ。

あの発言はよくなかったと、遊馬は憤っている。同時に不思議にも思った。自分ならばともかく、まさか杠葉が考えなしに、不用意な発言をするだなんて。

「ごめんね」

と、杠葉は素直に謝った。

「つい助けたいと思ってしまったんだ。軽はずみだったとは僕もわかってる」

「いや、そりゃ、助けてあげたいのはおれだって同じですけど。でも」

「うん。ごめん。責任は僕が取るから」

紅葉はそう言ってオムライスをひと口食べる。価格のわりに味のいい品だが、紅葉の表情には美味しいという感情が欠片も見られない。いつもこうだ。味がしないわけではなく、単に食事という行為に対する感動が薄いらしい。

紅葉が何かを口にして表情を自然に緩ませるのは、コーヒーを飲んだときと、遊馬の手料理を食べたときだけ。

「……はあ」

遊馬はこれ見よがしに溜め息を吐いた。残っていたオムライスを一気に掻き込み水を飲む。空になったコップをわざと音を立て置いた。紅葉が、オムライスを掬《すく》おうとする手を止めた。

「わかりましたよ。やるしかないってことでしょ。おれもちゃんと責任取るんで、ふたりで頑張りましょう」

元より無理だと思って始めているわけではないのだ。それに、必死でカレンを助けようとしているルカを、悲しませるのも嫌だった。

「遊馬くん」

「おれだってがらくた堂の立派な社員なんですから、責任逃れしようなんていう無責任なことはしませんよ。一蓮托生《いちれんたくしょう》でしょ。解決方法を見つけたらいいだけですし。やってやりましょう」

ひと息に言って、むんっと上唇を尖《とが》らせた。

杠葉は、数度瞬きをしたあと、目を細めて微笑んだ。

「うん。ありがとう」

真正面からお礼を言われると、どうにも心臓の辺りがむず痒《がゆ》くなる。遊馬は、ご飯粒ひとつ残さず空になった皿の縁をなぞりながら、

「当たり前のことですって」

と呟いた。


杠葉も食べ終わったところで食後のコーヒーを頼む。遊馬はどうにも物足りず、ついでにデザートのワッフルも注文する。

「でも意外ですよ。いつも冷静な杠葉さんが、後先考えず他人に肩入れすることもあるなんて」

品物が届いたところで、遊馬はワッフルをナイフで切りながらそう言った。杠葉はコーヒーに角砂糖をふたつ入れていた。

「うん。ふたりが僕と同じだったから、ついね」

「同じ？」

「僕も双子だから」

　杠葉が答える。

　杠葉にそっくりの弟がいたというのは、以前に撫子から聞いたことがあった。見た目も中身も杠葉と似た、一卵性の双子の弟。とても仲のいい兄弟で、いつもふたり一緒だったと撫子は言っていた。

　しかし彼は――杠葉の弟は、十六歳のときに行方不明となった。突然家族の前から姿を消し、今も所在がわからないままだという。

　杠葉はこれまで、自ら弟の話をしたことはなかった。遊馬も、撫子から聞きはしても、杠葉本人に訊ねたことはない。なんとなく、聞いてはいけないことのように思っていた。弟の話は、杠葉にとって、心の奥底に大切にしまってあるものなのだと感じていたから。

「あの……杠葉さんが怪異相談を始めたのは、その双子の弟さんがきっかけだって聞いてるんですけど」

　遊馬は窺うように上目で杠葉を見た。触れていいものかどうかと、内心ひどく緊張していた。

杠葉はコーヒーをひと口だけ飲むと、カップを静かにソーサーに置く。

「そうだね。僕は、弟を連れて行った怪異を探している」

存外あっさりと杠葉は答えた。遊馬はほっとしつつも眉を顰める。

「連れて？　つまり、怪異に巻き込まれていなくなったってことですか」

「うん。僕の双子の弟……杠葉壱路《いちろ》はね、きみのお母さんと一緒なんだ」

遊馬はワッフルをフォークに刺したまま手を止めた。

数秒間固まったせいで、重力に負けたワッフルがぼとりと落ちた。

「おれの、母さんと。なら、杠葉さんの弟さんって」

遊馬の母の話なら、杠葉と出会った当初にしたことがあった。それは、遊馬が持っている体質に関係した話であったからだ。なぜ遊馬には、怪異の気配がわかるのか。なぜ、怪異に巻き込まれやすいのか。それには遊馬の生まれがかかわっていた。

遊馬を産んですぐに死んだ、遊馬の母が、かかわっていた。

「壱路は神に見初められ、神の妻となったんだ」

静かな声で杠葉は言った。遊馬は呼吸を止め、杠葉と目を合わせていた。

「神の、妻。杠葉さんの弟さんも」

――神。

数多《あまた》在る怪異の中でも、高等の存在であり、人が手出しできる相手ではないものが、神と呼ばれるものだった。

遊馬の母はかつて、神に呼ばれた。所謂神隠しと言われるものだ。

一部の人間の間では、神隠しに遭った者……神に寵《ちょう》された存在を〈神の妻〉と呼ぶことを、母の話をした際に、杠葉から聞いていた。

遊馬の母も神の妻となったのだ。神に引き寄せられ向こうの領域へと姿を消し、八年経ってふたたび祖父母の元へと帰ってきた。そのとき母は、神の子をその身に宿していた。

人の世に戻ってきて三ヶ月後、母は神の子を――遊馬を産んだ。

難産が祟《たた》ったせいか、それとも神の子を産んだからか、母はそれから数日後に息を引き取り、遊馬は祖父母に育てられることとなった。

母が失踪していたことや、数年後に突如戻ってきたこと、遊馬を産んですぐ死んだことは、近所の人間たちの噂話でなんとなく知っていた。祖父母からはっきりと聞かされたのは、遊馬が高校を卒業し実家を出る日のことだった。

おかしな体質以外には人より優れたところも変わったところもなかったから、神の子だ、などと言われてももちろん実感などなかったし、顔も覚えていない母の話を聞かされても、思うことはとくになかった。

ただ、自分の体質の所以《ゆえん》を知ったことで、ある種納得というのか、諦め受け入れるきっかけにはなったように思う。

「勝手な話だけれどね、遊馬くんのお母さんの話は、僕にとっての希望なんだよ」

杠葉はコーヒーカップを手に取り、黒い液面にふうっと息を吹きかける。

「神の元から帰ってきた人間がいる。つまり壱路も、戻ってくる可能性があるってことだ」

杠葉はカップに口を付けた。遊馬はそっと目を伏せる。

「でもおれは、母さんがどうやって戻ってきたのか知りません。母さんは、神隠しに遭っていた事実だけをじいちゃんとばあちゃんに伝えたんです。向こうでどんなふうに過ごしていたのか、なんで帰ってきたのか、何も言わないままおれを産んで死にました」

少なくとも祖父母からはそう聞いている。母は、最期まで詳しいことを語らなかった。神の元へ行っていたこと。腹の子が神の子であること。そして、どうしてもこの子を産みたいと、それだけを祖父母に伝えていたと。

だから遊馬も母が神隠しに遭ったことの詳細を知らない。どんな思いで自分を産んだのかも、遊馬は知らない。

「まあ、そもそもじいちゃんたちは、母さんの話をまともに信じちゃいなかったらしいですけどね。普通に色々大変なことがあったんだろうって考えて、無理に聞こうともしなかったみたいです。でも、おれが小さい頃から変なことに巻き込まれがちだったから、母さんの言ったことは本当だったのかもって思うようになったらしいですよ」

祖父母は今も完全に信じているわけではない。ただ、母のことも遊馬のことも受け入れていた。遊馬にとっては、自分を否定されないだけで十分であった。

「まあ、神隠しだなんてすぐに信じられるものじゃないからね」

紅葉が言う。

「紅葉さんは、どうして弟さんが神隠しに遭ったってわかったんです？」

遊馬は落としていたワッフルのひと切れにふたたびフォークを刺した。皿の上の生クリームをたっぷりと絡ませる。

「予兆があったから。壱路はいなくなる前から少しずつ神に心を奪われていたんだと思う。僕はそれに気づいていたけれど、結局、壱路を止められなかった」

「予兆？」

「祖父が蒐集したコレクションのひとつに異常に執着していたんだ。僕には不気味な物にしか見えなかったのに、壱路は祖父に内緒でそれを自分の物にして、肌身離さず持ち続けていた。壱路がいなくなったとき一緒になくなっていたから、あれは本物の神の欠片だったんだろうね。ひと目見たときからすでに、壱路はその欠片を介して神に見初められ、魅入られてしまっていたんだろう」

　淡々と杠葉は語る。遊馬は咀嚼《そしゃく》したワッフルをごくりと飲み込む。

「その神の欠片って、どんなものだったんですか？」

「一枚の鱗が入った瓶だよ。きつく蓋がしてあって、開かないようになっていた」

「鱗……」

「ちょうど今、そのお皿に残っている、そのワッフルくらいの大きさの」

　遊馬は視線を落とした。ひと口には少々大きいくらいのサイズのワッフルが皿に載っていた。

「これ、ですか。結構でかいですね……」

「普通の生物でもそのくらいの大きさの鱗を持つ種類はいる。たとえば世界最大級の淡水魚であるピラルクなんかはさらに大きい鱗を持っているしね。けれど、僕が調べた限り、あの鱗はどの生物の鱗とも違っていた」

　杠葉は左手の人差し指を伸ばすと、空中に縦長の長方形を描いていく。

「瓶はこれくらいだったかな。中は濁った海水に満ちていた。祖父は、あの鱗を海神の鱗だって言っていたよ」

「海神……海の怪異、ですか」

「恐らくね。僕はそいつを探している。そいつを見つけさえすれば、壱路が帰ってこられるかもしれないから」

　そう話す杠葉の表情は、ひどく冷静であった。いつものような笑みはなく、かといって激情が垣間見えるわけでもない。杠葉にとって弟の足跡を追うことは、最早当然のことであるのだろう。神の元へ消えた弟を、十六年、探し続けてきたのだ。

「たぶんそのうち見つけられますよ」

　遊馬はワッフルの最後のひと切れを口に放り込む。

「なんたっておれ、怪異に巻き込まれることに関しては誰にも負けない自負があるんで。海神もそのうち向こうからやって来ますって」

　生クリームを唇の端に付けながらもごもごと言うと、杠葉はきょとんとしたあと、眉を八の字にして笑った。

「頼もしいね。よろしく頼むよ」

「任せてください」

紅葉は頷いて、近くにいた店員に声を掛けた。プリンパフェを頼んだから、甘いものを食べるなんて珍しいと思っていたら、やってきた品は紅葉の指示で遊馬の前に置かれた。どうやら紅葉用ではなく、遊馬へのお礼と甘やかしのための注文だったらしい。もうワッフルを食べたから甘いものはいらなかったが、にこにこと嬉しそうな紅葉を前に、いらないとは言えなかった。遊馬もにこにこ笑いながら、濃厚なプリンパフェを食べきったのだった。


午後四時前。ほぼ約束していたとおりの時間に、ルカが四人の女子中学生を連れてファミリーレストランへやってきた。七人で使うには狭い席だったから、店員に許可を取り隣の空いているテーブルを合わせて使うことにした。

紅葉のいるソファ席にルカとふたりの友人、遊馬の座る通路側の椅子に他のふたりの少女が座る。

少女たちは何よりもまず、紅葉を見て色めき立った。中学生とはいえやっぱり女性だなあ、と遊馬が考えていると、次に「なんでも好きなものを頼んでいいよ」という杠葉のひと言でより一層テンションを上げた。

聞いているだけで胸焼けしそうな甘い品ばかりを各々注文していく。杠葉は「遊馬くんもどう？」と言ってきたが、すでに許容量を超えた甘味を食べていたため丁重に断り、代わりにホットコーヒーを一杯頼んだ。

「改めまして、杠葉と申します」

「遊馬です」

注文した品が届くまでの間に、自己紹介を済ませた。

少女たちは皆ルカとカレンの同級生で、なんの変哲もない、素朴な普通の中学生だった。それぞれ部活動をしているが、今日はわざわざ休んできてくれたらしい。

ルカは、カレンが呪われているかもしれないという考えを、彼女たちには話していた。皆はルカの話を信じているようだった。

「ルカさんから聞いていると思いますが、カレンさんの呪いについて知るために、皆さんが見たという夢についてお話を伺いたいのです」

注文した品が揃ったところで杠葉がそう切り出した。少女たちは目を見合わせて頷き合う。

「ちなみに、ここにいる皆さんが同じ夢を見たんですか？」

「ううん。夢を見たのは恵茉《えま》と愛奈《あいな》。そっちのふたりは夢を見てないけど、カレンを心配して付いてきてくれたんです」

ルカが答えた。ルカは自分の隣に座るふたりを「同じ夢を見た少女」と紹介した。

杠葉が頷く。

「では、恵茉さんと愛奈さん。おふたりが見た夢の話を教えてください」

「はい」と答え、まずは恵茉が話をした。続いて愛奈が。ふたりとも、語った内容はルカの言っていたことと同じであった。知らない町にいて、歩く人形が目の前に現れる。人形は、まるで自分をどこかへ誘うように歩き出す。その後ろを付いていくが、やがて人形を見失い、目を覚ます。

人形の見た目も三人がまったく同じことを言った。そしてやはり恵茉も愛奈も、その人形に見覚えはないということだった。

「最初に見たのは、たぶん一ヶ月くらい前だったかな。多いときは毎日ってくらいのペースで見てたんだけど、カレンが目を覚まさなくなったときからは見なくなりました」

恵茉は几帳面《きちょうめん》な性格なのか、夢を見た日をスマートフォンの予定表に記していた。カレンダーを見るとマークがいくつか付いている。星のマークが付いている日がその夢を見た日だという。確かに、連続で付いている日もあるほど奇妙な夢を多く見ていたようだ。けれどそれは一週間前からぱたりと途絶えている。

「あたしも一緒。大体恵茉と同じくらいのときから見始めて、一週間前から見なくなった」

愛奈が答えた。それからふと思案顔をして、テーブルに頬杖《ほおづえ》を突く。

「そういえば、部活の先輩も何人か見たって言ってたっけ。あたしが夢を見るようになったのは、先輩たちからその話を聞いてからかも」

「あ、そう言われると、あたしも」

愛奈の言葉に恵茉が反応した。

「先に誰かから話を聞いてました。ちょっと怖いなって思ってたらあたしも見るようになったから。ルカは？」

「……あたしも、たぶん。教室で誰かが噂してるのを聞いた気がする」

ルカは俯きながら「その話を、あたしがカレンにしたんだ」と続けた。

遊馬はちらと杠葉に目を遣る。杠葉は、少し考える間を空けてから、遊馬の横に座る、夢を見ていない少女たちへ声をかける。

「おふたりも、カレンさんが眠るよりも前にこの話を聞いていましたか？」

　少女たちは目配せし、揃って首を縦に振った。彼女たちも夢の話を知っていたのだ。しかし夢は見ていない。

「学校では結構噂になってるんです。なんか、都市伝説とか七不思議みたいな感じで。だからふたりも、夢は見てないのに、あたしたちのことを信じてくれて」

「なるほど……」

　杠葉は右手の親指を唇に当てた。

　遊馬も考える。少女たちの話を聞くに『夢を見た人が夢の話をする』ことによって怪異が伝染しているように思う。だが、話を聞いた者すべてが夢を見るわけではない。

　何か法則性があるのだろうか。怪異に近づきやすい人、そうでない人。もしくは、怪異に見初められた人と、そうでない人。

「ルカさんのお友達に、恵茉さんと愛奈さん以外にも夢を見た方はいますか？」

　顔を上げた杠葉が問う。

「あ、はい。あたしが知ってるのだと、クラスの子があとふたり。もしかしたら他にもいるかもしれないけど」

「その方たちの写真があれば見せてもらいたいのですが。できれば最近のものを」

写真？　と遊馬も含め皆が首を傾げた。ルカは「この間クラス皆で撮ったやつならあるけど」とスマートフォンのアルバムを開く。

「この子と、この子です」

集合写真を拡大し、ルカが該当のふたりを指で示した。

杠葉は、見せて欲しいと言ったわりにはじっくり観察する様子もなく、ぱっと見ただけで顔を上げてしまった。

「ありがとうございます。参考になりました」

杠葉は少女たちに礼を言う。遊馬も慌てて頭を下げた。

「皆の話で、カレンのこと、何かわかりましたか？」

ルカの問いには、杠葉は首を縦にも横にも振らない。

「まだはっきりとは言えません。少しだけ時間をもらえますか。またこちらから連絡します」

「……わかりました。あの、よろしくお願いします」

ルカ以外の少女たちも、カレンを助けてくださいと遊馬たちに懇願した。遊馬は「任せてくれ」とは言えなかったが、友達を思う少女たちの必死な願いに、頷くことだけはするのだった。

店を出て、少女たちを見送ってからふたりでボレロに乗り込んだ。杠葉は、夕暮れの道を安全運転で進んでいく。

「杠葉さん、何がわかったんです？」

助手席に座る遊馬は運転席の杠葉に目を向けた。杠葉は口元だけで微笑む。

「怪異の正体についてはまだなんとも。ただ、怪異がある条件を満たした人にのみ伝染しているということはわかった」

「ある条件？」

訊き返す遊馬に、杠葉は続ける。

「この怪異は、すべての人間に影響を及ぼすわけじゃない」

「たぶん、人の噂話みたいなのを介して伝播《でんぱ》してるんですよね」

「彼女たちの話を聞く限りではそうだね」

「でも、話を聞いても、夢を見た人と見ていない人がいた」

「うん。怪異の夢を見た人は皆、似た容姿をしていた」

容姿、と言われ、遊馬は先ほど会った少女たちを思い浮かべた。双子であるルカとカレンは確かにそっくりだが、他の子たちは、取り立てて特徴のある外見ではないまでも、似ているとまでは思わなかった。

「夢を見たという恵茉さんと愛奈さん、ふたりとも中肉中背で、ルカさんと同じくらいの背丈だった。そしてルカさんとカレンさんを含め、同じ夢を見た少女たちは例外なく、長いストレートの黒髪の持ち主」

遊馬ははっとする。言われてみれば確かに、遊馬の横にいた子はショートヘアで、もうひとりは軽い癖のある髪質の子だった。対して恵茉は大人びたワンレングスのロングヘア。愛奈はひとつに結んでいたが、癖のない長い黒髪であった。ルカが見せた写真の中の子たちもそうだ。

「つまりこの怪異は、一定の外見の、中学生くらいの少女のみを狙っている、ってことですか」

遊馬が言うと、杠葉は一瞬だけ遊馬を見た。

「そのとおり。今回の怪異は、長い黒髪をした十三、四歳の少女に執着しているようだ」

進入した交差点で杠葉が左折する。がらくた堂に帰るには直進したほうが近道のはずだ。

「ただ、多くの少女たちに影響はあっても、実際に怪異に囚われたのはカレンさんただひとり。他の子たちが夢を見なくなったことと、彼女たちから臭いがしないことを鑑みるに、すでにカレンさん以外の少女は怪異のターゲットから外れているんだろう」

がらくた堂とは違う方向へボレロを走らせながら、杠葉は抑揚なく語る。

「そして怪異は、カレンさんの肉体ではなく、精神のみを自分の領域へ連れ込んだ。推測だけれど、カレンさんは夢の中の町で、最後まで見失わずに人形に付いていくことができたのだと思う。カレンさんの精神は人形の領域に辿り着いたんだ。だから囚われた。つまり、遊馬くん、それが何を意味しているかわかる？」

「えっ……と」

問われ、遊馬はしばし口を閉じて考える。

複数人の少女たちが怪異に触れていた。怪異は、その中から目当ての少女を選んでいたのだろうか。誰かを探していた？　それとも、夢を見られる時点ですでに怪異に選ばれていたのか。条件に当てはまる少女の中からなら、誰でもよかったのだろうか。

なぜ、怪異はわざわざ夢を見せていたのだろう。町の中、人形が少女たちをどこかへ誘うあの夢の意味は？

なぜ体ではなく精神のみを奪った？　それだけしか、奪えなかった？

「怪異は、ひとりだけを捕まえられたらそれでよかった。というか、ひとりだけしか……ひとりの人間の精神だけしか囲う力がなかった、とか。カレンさんが囚われたのが、偶然か必然かまでは判断できませんけど。女の子たちの話を聞くに、偶然な気がする。条件を満たした少女たちの中で、たぶんたまたまカレンさんが最初に辿り着いてしまっただけなんじゃないかな。怪異の領域に」

赤信号で車が止まる。恐る恐る杠葉に目を遣ると、同じく遊馬を見た杠葉がにこりと笑んだ。

「僕もそうだと考えている」

杠葉はとんとハンドルを指で叩《たた》く。

「この怪異は、広い範囲に影響を及ぼしているわりに強い力を持っていないようだ。人間を肉体ごと自分の領域に引き入れることも、無理やりに引き込むこともできない。だから小さな小さな種だけをばら撒いて、それが芽生え、人間のほうから来てくれるのを待つ。夢を媒介に、相手の精神だけを自らの棲《す》み処《か》へ案内して」

杠葉の話を聞きながら、遊馬は自分の母や杠葉の弟のことを考えていた。神隠しに遭った彼らは、その身ごと神の領域に連れて行かれた。神ならば、肉体ごと持っていく。否応《いやおう》なく自らの領域に引き入れる。

だが、今回の怪異はそうではない。人智を超えた存在ではあっても、神ほどの力など持っていない。

「だったら、おれたちにも対処できるレベルかもしれない、ですよね」

遊馬は膝に置いた両の拳を見下ろしながら言った。

怪異を退治する必要はない。それは我々の仕事ではない。カレンさえ救えればそれでいいのだ。それくらいならばできる相手かもしれない。

「そうだね。可能性はあると踏んでいる。カレンさんが眠り始めて一週間。彼女がいまだに夢を見ている今なら、まだ間に合うかもしれない」

「今はまだ、カレンさんの肉体と精神とが完全に切り離されていないってことですよね」

そこまで言ったところで、遊馬は「あ」と気づく。

「でも、肝心の怪異との接触方法がまだわかってないじゃないですか。おれらじゃターゲットから外れてるし、向こうから接触させることはできないですよ」

それどころか少女たちの中にすら怪異の夢を見ている人間はいない。遊馬たちには怪異を追う方法がなかった。

「怪異の居場所は確かにわからない。でも、怪異へと繋がっている道ならあるじゃない」

「え？」と、遊馬は呆けた声を上げる。

信号が青に変わり、ボレロがゆっくりと走り出す。夕方の混み合う道路を走る車は、覚えのある方向へと向かっている。

「少し寄り道をするよ。気が進まないけど」

杠葉が苦笑いをした。反して遊馬は、少しだけ胸が躍っている。


そう頻繁には来ていないはずだが、杠葉は目的の部屋まで迷うことなく進んでいった。ひと気のない廊下の奥、立ち止まった先にある木製のドアを、杠葉は三度ノックする。

「はあい。どうぞぉ」

聞こえた甘い声に、遊馬は思わずどきりとした。杠葉は、表情ひとつ変えずにさっさとドアを開ける。

「失礼します。撫子さん、こんばんは」

外はすでに薄暗い。目に優しい灯《あか》りの点《つ》いた空間の中、この部屋の美しい主《あるじ》が、柔らかな髪を弾ませながら振り返る。

「あらぁ伊織ちゃん。どうしたの、伊織ちゃんがわたしのところに来てくれるなんて珍しい。うふふ、遊馬くんもいらっしゃい」

「あ、こ、こんばんは」

四ツ辻撫子の研究室は、いつもどおり書籍の山で溢れていた。訪れるたびに資料が増えているのは気のせいではないだろう。

紅葉と遊馬がソファに座ると、撫子は紅茶の用意を始めた。紅葉が「不要です」と言っても撫子は気にも留めず手を止めなかった。

「今日は伊織ちゃんの好きなアッサムにしようねぇ」

「それは撫子さんの好きなものでしょう」

「ミルク入れてあげるね。アッサムはミルクティーが美味しいんだよ」

鼻歌混じりに茶葉を出す撫子の後ろ姿を見ながら、紅葉が溜め息を吐いていた。

三人分の紅茶を淹れ終わった撫子が、向かいのソファに着席する。遊馬の正面にだけシナモンのクッキーも置かれた。この人たちはすぐにおれを甘いもので餌付けするのだから、と思いつつ、遊馬はクッキーを齧る。

「相談があって来ました」

世間話もせず、さっそく杠葉が本題を切り出す。

「うん。何かな？」

「他者の夢に干渉する方法を知りませんか」

単刀直入に杠葉は言った。

カレンはいまだ夢を見続けている。それは、カレンの精神がまだ肉体と切り離されていないこと、カレンの夢と怪異の領域とが繋がっていることを意味している、と杠葉は事前に遊馬に言っていた。

そこに賭《か》けてみることにしたのだ。カレンの夢を通して怪異の懐《ふところ》に入り込み、カレンを救いだす。

「ふうん。夢、ねえ」

撫子が妖艶に呟く。

夢に入る方法など、普通の人が聞けば驚くか馬鹿にするだろう内容だ。が、撫子はやはり、興味深そうに唇の両端を吊り上げた。

「面白そう。お願い、もっと詳しく話を聞かせて？」

身を乗り出し、撫子は上目で杠葉を見る。襟の大きく開いた胸元が強調され、遊馬は一瞬目を遣りそうになったが、慌てて視線を別の場所へと逸らした。

「……ひとりの少女が一週間目を覚まさない、という相談がありました」

耳に髪をかけ、紅葉は紅茶をひと口飲む。

「少女が眠り始める前、その少女を含め、複数人の同年代の少女たちが、同じ夢を見ていたんです」

紅葉は彼女たちの見た夢の内容、夢を見た少女たちの特徴を伝え、それらから推察した怪異の本質を話した。

撫子は、終始目を輝かせながら、深い相槌を打っている。

「なので、僕らがカレンさんの夢に入り、カレンさんの精神を連れて帰ろうと思っています」

そのため夢に干渉する方法を知りたい、と紅葉は言った。

撫子はふんふんと頷き、姿勢を戻して座り直す。

「なるほどぉ。いいなあいいなあ、楽しそう。わたしも参加してもいい？」

「いいわけないでしょう。遊びじゃないんですよ。あなたは僕らの相談にだけ乗ってください」

「何それ。伊織ちゃんのケチ」

ぶうっと頬を膨らませる撫子を紅葉は無視し、温《ぬる》くなった紅茶に口を付ける。

「あ、えっと、撫子さんは、この怪異についてどう思いますか？」

遊馬が訊くと、撫子は瞬時に表情を戻す。

「伊織ちゃんの言ったことで合ってると思うよ。夢に出てきたお人形さんがその、その子の姿かな？　きっと、眠っちゃった女の子に似た子に、何か思い入れがあるんだろうねえ」

「それが、一定の外見の少女ばかり狙う理由ですか」

「元々のお人形さんの持ち主とかじゃないかな。中学生くらいになると、小さいときに遊んでいたおもちゃを捨てちゃう子も多いだろうから、お人形さんも大好きな女の子に捨てられて、悲しくなって、怪異になっちゃったのかもしれないね」

あくまで想像だけどね、と撫子は付け加えた。

遊馬は唸る。十分にあり得ることだ。物に魂や持ち主の念が宿ることも、それらが怨霊と化すことも、決して珍しいことではない。

「そのお人形、実体はもうないのかなあ。もしも残っているならわたしがずぅっと大事にしてあげるのに。綺麗に髪を梳《す》いて、可愛いお洋服着せて、お花の横に並べて、毎朝おはようって言ってあげるのにな。ねえ、なんでわたしのところには来てくれないんだろうね」

「あ、はは……」

本気で残念がっている様子の撫子に、遊馬は引きつった笑いを零した。撫子の考察が当たっているとしたなら、本当に、怪異を丸ごと愛してくれるこの人の元へ来たらいいのにと思わずにはいられない。

しかし、怪異はここにいない。怪異の思惑もわからない。どんな背景があったとしても、やるべきことは変わらない。

「それで、方法はあるんですか」

杠葉が問う。撫子はふわりと花のように微笑む。

「もちろん。そういった類の儀式やまじないはたくさんあるよ。誰かの夢を操作する、悪夢を見せる。そうやって大嫌いな人をこっそり苦しめて不幸にしたいと思う人は、古今東西大勢いるから。うふふ、わたしはそんなこと思わないけど」

「僕が知りたいのは曖昧な呪いではありません。実際に、確実に、特定の人の夢の中へ入る方法を訊いているんです」

やや語気を強めて杠葉は言った。

撫子は、一瞬表情を消したあと、寒気がするような美しい笑みを浮かべる。

「それならいいのがあるよ。祷一郎《とういちろう》ちゃんがね、言ってたことがあるの。〈夢渡《ゆめわた》りの香《こう》〉を手に入れたって」

「……夢渡り？」

「まさしく伊織ちゃんたちのやりたいことができる物だよ。目当ての人の夢の中に自分自身が入り込んで、いろんな嫌がらせをしちゃうための呪物」

　祷一郎とは杠葉の祖父の名だった。

　彼が好んで集めた曰くつきの品々のほとんどは、噂の付けられただけの偽物である。けれど、ほんの一部、本物もあった。

「香木なんだけど、白檀《びゃくだん》や伽羅《きゃら》でも、沈丁花《じんちょうげ》や金木犀《きんもくせい》でもない、なんの種類なのかまったくわからない木なんだって。でも使い方は普通の香木の焚《た》き方と一緒だよ。空薫《そらだき》したらいいだけ。ただ、焚くときに髪の毛を一本、香木と一緒に置いておくの。もちろん夢に入る相手の髪の毛だよ」

　撫子は自分の長い髪を指先にくるりと巻きつける。

「相手が寝ているタイミングに香木を焚いて、その香りが届く範囲に自分がいればいいだけ。あとはいつの間にか夢の中に入っちゃってるからね。どうやって目覚めるのかは知らないけれど」

　口元に手を当て、撫子は愉快そうに声を上げた。遊馬がちらりと隣を見遣ると、紅葉は不愉快げに眉を顰めていた。

「祖父がそれを手に入れたのはいつ頃？」

「話を聞いたのは随分前だけど、祷一郎ちゃんがあれを手放すとは思えないから、伊織ちゃんが勝手に捨てちゃったり売っちゃったりしてなければ、まだあるんじゃないかな？　あの宝物ばっかりのおうちに」

「……本物だと思っていますか？」

「さあ。でも、遊馬くんがいれば、すぐに本物かどうかわかるでしょ？」

撫子の視線が遊馬に向いた。遊馬はなぜか姿勢を正す。

紅葉は右手の親指を唇に当てた。だが、思案したのはほんの数秒だった。

「探してみます。ありがとうございます」

紅葉が腰を上げる。遊馬は残っていた紅茶を一気に飲み干してから、紅葉に続いて立ち上がった。

「急いだほうがいいよぉ」

撫子は優雅に紅茶を飲んでいる。

「力が強くないって言っても、多くの人に干渉して、ひとりの人間の精神を取り込むだけの力はある子なんだから。完全に捕らえて永遠に離さないくらいのことはできちゃうかもよ。眠っているっていう女の子が夢を見なくなっちゃったら、もう怪異に会う方法もなくなっちゃうからね」

均等にマスカラの塗られた綺麗な目が、射貫《いぬ》くように遊馬と杠葉を見る。

「わかっています」

短く答え、杠葉は部屋を出て行った。遊馬も撫子に一礼し、部屋を出ようとする。

そのとき、

「あ、遊馬くん、ちょっと待ってぇ」

と撫子に引き留められた。

「はい、なんでしょう」

「そこの棚の二番目の引き出しを開けて。箱が入ってるでしょ」

「引き出しですか？」

撫子の指さしていた引き出しを開ける。中には長細い箱が入っており、遊馬は言われるがままそれを取り出した。

「お線香、ですか」

コンビニでもドラッグストアでも、どこでも見かける普通の線香だ。どこか懐かしい匂いがする。実家の仏間の匂いだ。

「樒《しきみ》のお香だよ。夢渡りをするとき、必ずそれも一緒に焚いてね。樒の匂いは悪霊が嫌うの。きっときみたちを助けてくれるからね」

「はあ。わかりました」

「それから、夢の中は、どれだけ現実味があったとしても夢の中。すべては自分の想像次第ってことを覚えておいてね」

少女のように笑む撫子に、遊馬は思わず頰を赤くした。貰った線香を大事に胸に抱き、もう一度撫子に頭を下げてから研究室をあとにした。

○

翌朝。遊馬ががらくた堂へ出勤すると、珍しく杠葉が店のカウンターまで出てきていた。カウンターの上には紐で縛られた木箱が置かれている。聞かずとも、遊馬はその中身に気づいていた。

「本当にあったんですか」

「うん。倉庫の隅に、大事そうに風呂敷に包んで置いてあったよ」

昨夜、撫子のところから帰ったあと、杠葉はさっそく〈夢渡りの香〉を探し始めた。がらくた堂には地下室があり、店先に並ばない品々が多く保管されている。祖父のお気に入りの品があるとしたら、その地下倉庫だろうと杠葉は言った。

地下倉庫にさほど広さはない。だが雑多な店先以上に様々な物がしまわれていた。その中から目当ての物を探すのは骨が折れるだろう、遊馬は探すのを手伝うと申し出たが、杠葉は首を横に振った。

地下にある物は、本物の怪異が多く混ざっている。そのため怪異の影響を受けやすい遊馬は地下倉庫への立ち入りを禁じられていた。実際、共に探すと言いはしたが、地下へ続く階段のドアを開けただけで、立ち込める怪異の臭いに身が竦《すく》んでしまう。

一緒に探すことは諦め、とりあえずは杠葉に任せることにした。無事に見つかるだろうかと不安な夜を過ごしたが、杠葉はひと晩のうちに〈夢渡りの香〉を見つけ出していた。

「正直なところ、本当にあるのかどうか半信半疑だったけれど」

見てみる？　と問われ、遊馬はごくりと唾を飲んで頷いた。

杠葉が木箱を封じている紐を解く。遊馬は背負ったままのスポーツリュックの肩紐を、無意識にきつく握り締める。

杠葉の手が木箱の蓋に触れた。長い間開けられていなかったはずだが、存外スムーズにそれは開いた。

瞬間、遊馬は思わず鼻に手を当てる。酷い臭いがする。

神でも物の怪でもない……人間の怨念が凝縮された臭いだ。

「な、なんですかこれ」

呟く遊馬に、杠葉が口角を持ち上げる。

「どうやら本物みたいだね」

「それは、間違いないと思いますけど」

「ふむ、撫子さんの言っていたことは合っていたみたいだ」

木箱の中には、黒ずんだ原木と香炉がひとつ入っていた。杠葉は原木を手に取り鼻先に近づける。

「香りがする。なんの匂いだろう、少し甘い。嗅いだことがないな」

「うわ、杠葉さん、よくそんなの嗅げますね」

「ふふ、きみが感じている臭いと僕が嗅いでいる香りは、全然違うんだろうね」

杠葉は原木を木箱に戻し、蓋を閉めた。途端に臭いが和らぎ、遊馬はほっと息を吐く。でもまだ鼻腔に悪臭が残っているような気がする。

「遊馬くん、ルカさんに連絡を入れてくれる？　カレンさんの髪の毛が欲しいから、学校帰りに病院で待ち合わせをしましょうって」

「了解です。メッセージを送っておきますね」

遊馬は鼻を雑に擦ってからダイニングルームに向かった。椅子にスポーツリュックを置き、昼飯用に作ってきた生姜《しょうが》焼きと、炊いた白米のタッパーをそれぞれ冷蔵庫に入れる。

リュックのファスナーを閉めようとしたところで、昨日から入れっぱなしにしていた線香を見つけた。どう見ても法事などに使う普通の線香だ。撫子は、これが遊馬たちを助けてくれると言っていた。なんの変哲もない線香が怪異に効くのだろうか、とやや信用しきれないところはあるが、撫子が言うのだから使ってはみようと遊馬は思う。市販の線香は信用していなくても、撫子の言うことは信じている。

「遊馬くん、コーヒー飲む？」

杠葉もダイニングルームにやってきた。紐の締め直された木箱を手に持っており、先ほどの臭いを思い出して遊馬は咄嗟に身を引いてしまった。その様子を見た杠葉が苦い顔で笑う。

「カレンさんの髪の毛が手に入ったら、すぐにでもこれを使おうと思ってる」

部屋の隅の台に木箱を置き、杠葉が言う。

「あ、はい。おれもそのつもりでした。撫子さんが急いだほうがいいって言ってましたしね」

「遊馬くん」

「はい？」

シンクに向かい、杠葉はお湯を沸かし始めた。慣れた手つきで豆を選び、手動のミルで挽《ひ》いていく。

「わかっていると思うけど、今回は僕だけでやるからね。この香木がどんなふうに作用するかはっきりとはわかっていないし、下手をするとこちらの精神が夢の中に囚われてしまう可能性もある」

杠葉が振り返る。遊馬は真剣な杠葉の表情を見つめ、三度ぱちぱちと瞬きをする。

「えっと、わかってませんでした。全然、おれもやる気でした」

香ならば複数人が一度に使用することも可能だろう。そう理解した時点で、ふたりで一緒にカレンの夢に入るものだと思っていた。素直にそう答えると、杠葉はこれ見よがしに溜め息を吐いた。

「まったく……香木を見ただけで顔を歪《ゆが》めていたくせに。僕はきみに無理をさせるつもりはないよ」

「いや、言ったってちょっと臭いだけですし。てか、やりますよおれも。やるに決まってます」

杠葉が眉を寄せた。遊馬は構わず強く頷いてみせる。

「ただ待ってるのとか無理ですから。絶対付いていきますからね」

「あのね、夢から出る方法は不明だと撫子さんも言ってたろう。人形の怪異だけじゃなく、この夢渡り自体にも何があるかわからないんだよ。正直、僕だって、相談者がルカさんじゃなければ断っていた案件だ。自分の命がかかってしまう」

「わかってますよ。だからじゃないですか。何があるかわかんないからこそ一緒にやらないと」

言い切り、遊馬はむっと唇を尖らせた。数秒睨《にら》み合い、ケトルがこぽこぽと音を立て始めたところで、杠葉のほうが視線を逸らした。

「わかったよ。ふたりでやろう」

溜め息混じりにそう言って、杠葉は表情を緩ませた。

「頼りにしてるよ」

なかば呆《あき》れたような口調で、けれど確かにそう言われ、遊馬はつい間抜けな顔でへらっと笑い返す。

「ばっちこいです」

そしてルカの連絡先へメッセージを送った。すでに登校している時間のはずだが、返事はすぐに届いた。端的に述べた用件にも、ルカは説明を求めることはなかった。

『わかりました』


午後四時過ぎ。杠葉はカレンの入院している病院の駐車場にボレロを停めた。しばらく待っていると、病院の正面からルカが出てくるのが見え、遊馬は杠葉と共に車を降りた。

「ルカさん」

遊馬が手を振ると、気づいたルカが駆け寄ってくる。ルカの手には畳んだティッシュペーパーが握られている。

「遊馬さん、杠葉さん。あの、言われたとおりカレンの髪を取ってきましたけど」

ボレロのもとに来たルカは、ティッシュペーパーを広げて見せた。長い黒髪が一本、円を描いて挟まれていた。

遊馬は畳み直したティッシュペーパーを受け取り、失くさないようにスポーツリユックのポケットにしまう。これで必要な物は揃った。眠り続けているカレンの夢に入ることができる。

「カレンを助ける方法がわかったんですよね」

不安げにルカが言った。杠葉がこくりと頷く。

「確実、とは言えませんが、今の僕たちができる方法を見つけました。それを実践するためにカレンさんの髪が必要だったんです。ありがとうございます」

「……それ、どんなのか、聞いてもいいですか？」

ルカの問いに、杠葉はすぐには答えなかった。方法が方法だから教えるべきか悩んだのだろうと遊馬は考えたが、ルカは沈黙に違う解釈をしたようで、やや焦った様子で続けた。

「別に疑ってるわけじゃないんです。ただ、何もわからないと不安で、カレンのためになることを少しでも知っておきたくて」

ルカは俯き、両手で制服のスカートを握った。杠葉がちらりと遊馬を見る。遊馬が小さく頷くと、杠葉も同じように返した。

「ある呪具を用いて、僕らがカレンさんの夢の中へと入ります。そこでカレンさんの精神を探して連れ戻すのです」

杠葉の言葉にルカが顔を上げる。

「夢の……中に？」

「カレンさんは夢を通して怪異の領域に踏み込んだ。カレンさんの夢と怪異の居場所とは繫がっているはずなんです。つまり、カレンさんの夢からなら怪異のもとへ行ける。カレンさんの精神も、そこに囚われているはずです」

子どもが考えたような荒唐無稽な話だった。中学生も子どもとはいえ、この年齢ならば普通は信じないだろう。だが、ルカは疑わなかった。大きく肩で息を吸ってから、意を決したように杠葉を見上げる。

「それ、あたしも一緒にやらせてください」

遊馬は「えっ」と声を上げてしまった。こちらの困惑に構わずルカは「お願いします」と深く頭を下げる。

遊馬は横目で杠葉を見た。整った輪郭の淡白な横顔が、必死な少女を見下ろしていた。

「できません」

杠葉ははっきりと答えた。ルカがばっと身を起こす。

「なんでですか。あたしはカレンの夢の中に入れないんですか？」

「僕たちの目的は、カレンさんの精神を取り戻すこと。しかし夢の中で予期せぬ事態が起き、あなたの身が危険に晒《さら》されたとき、僕たちはカレンさんではなくあなたを守ることを第一としなければいけなくなります。そうなると、カレンさんを救えなくなるかもしれない」

「あたしは、自分のことは自分で守るから」

「守れなかったからカレンさんは囚われた。なのにどうしてあなたが自分を守れると思うのですか」

珍しく厳しい口調だった。ルカの大きな目には涙が張っていた。零してしまうのは簡単だろう。それを堪えているこの子はとても強い子だと、遊馬は思う。

「ルカさん」

と、一転して優しい声で杠葉は言う。

「僕たちは、店に戻ったらすぐにこの策を実行します。成功したらカレンさんは目を覚ますでしょう。そのときにはあなたが、カレンさんのそばにいてあげてください」

ルカは目を真っ赤にして唇を引き結んでいる。

救急車のサイレンが聞こえてくる。その音が止んだところで、ルカはゆっくりと顔を伏せた。

「……あたし、カレンのために何もしてあげられない。だから、お願いします。あたしの分まで、カレンのこと、よろしくお願いします」

少女の華奢《きゃしゃ》な肩が震えていた。ようやくひと粒だけ、地面にぽつりと雫が落ちた。

「はい。任せてください」

行こうか、と杠葉は言い、運転席のドアを開けた。遊馬も助手席に乗り込む。

車が発進するまでルカが顔を上げることはなかった。ただ、病院の駐車場を出るとき後ろを振り向いたら、リアウィンドウ越しにルカが両目を強く拭って病院に戻っていく姿が見えた。

遊馬は、カレンの髪が入ったリュックをぎゅっと両腕で抱き締める。

「杠葉さん、ルカさんのお願い断りましたね」

古い曲の流れる車内で遊馬は言った。

「当たり前でしょう。彼女は相談者だし、命の保証があれば多少の我儘《わがまま》くらい聞いてあげてもいいけれど、今回はそうじゃない」

「おれはいいんですか」

「何？　やっぱりやめる気になった？」

「違いますよ。でもおれのときはちゃんと連れてってくれるって言ったから」

「そりゃあ、遊馬くんはうちの立派な従業員だからね」

さらりと言われ、遊馬は目をぱちりと瞬かせた。赤信号で車を停めた杠葉が、眉を寄せながら視線を寄越す。

「どうかした？」

「あ、いえ……頑張ります」

そそっと視線を逸らし、リュックを抱えている指を組んだ。

十八で祖父母のもとを離れてから、杠葉と出会いがらくた堂で働き出すまで、遊馬はひとところに長く留《とど》まることができなかった。怪異の気配を感じ、影響を受けやすい体質のせいで、自ら離れる決断をしたり、厄介者として追い払われてきたからだった。

この体質ごと受け入れ、そばに置いてくれる人に、家族以外で初めて会った。

もちろん杠葉にとって遊馬の体質に利があるからこそとわかっているし、あくまでそれゆえの仕事上の付き合いだというのも理解している。

それでも、居場所がここにあると思うだけで心臓がむず痒くなる。頑張ろう、と遊馬は口にしたばかりのことを、もう一度心の中で呟いた。

二階に使っていない和室が一部屋ある。夢渡りはこの部屋で行うことになった。

紅葉は〈夢渡りの香〉をナイフで少し削り取った。欠片だけでも臭いが濃く、遊馬は終始顔をしかめていた。

木箱に入っていた香炉を出し、中に灰を入れていく。表面をならしたところで香炭に火を点け、灰の上に置いた。

「紅葉さん、撫子さんが、夢渡りをするときにこれも使えって言ってましたけど」

香炭に火が回るのを待つ間、遊馬は撫子から受け取っていた線香を箱から取り出した。

「樒か。悪霊が嫌う匂いだね」

「撫子さんの言うことですし、言われたとおり使っておきましょうか」

「うん、そうだね。案外と役に立ってくれるかもしれない」

香炉をもうひとつ用意し線香を三本立てる。〈夢渡りの香〉の臭いを搔き消すように、心の落ち着く線香の香りが部屋の中に立ち込める。

「火が回ったみたいだ」

紅葉が香炭を灰に埋めた。空薫の準備は整った。

形のいい二重の目が遊馬を見る。遊馬は正座した膝に置いた両手をぎゅっと握り締める。

「遊馬くん、大丈夫？」

「はい。いつでもオッケーです」

「うん、じゃあいくよ」

香木の欠片を灰のそばに落とした。その上にカレンの髪をそっと載せる。

少しずつ、怪異の臭いとは違う香りが辺りに漂った。どこか甘い、妙に心地のいい香りだが、なんの匂いかはわからない。

一分、二分……甘い香りに包まれる中時間が過ぎる。やがて、体にのしかかるような重い眠気が襲ってきた。力が抜け、がくりと畳に肘を突く。瞼が重い。なんだこれは。目を開けていられない。

「ゆず、りは……さん」

ぼんやりと霞《かす》む視界の中、杠葉も畳に手を突き、額をもう片方の手で押さえていた。遊馬が名を呼ぶと視線がこちらを向く。杠葉が小さな笑みを浮かべるのを最後に、遊馬は瞼を閉じ、意識を手放した。

○

はっと目が覚める。

遊馬は屋外に立っていた。ごく普通の民家の建ち並ぶ、住宅街の真ん中だった。

「ここは……」

左右に目を遣る。どこにでもありそうな風景だが見覚えはない、知らない町だ。

そもそも遊馬は今の今までがらくた堂の二階の和室にいたはずだ。こんな見知らぬ町中にいるはずがない。

「どうやら入れたみたいだね」

声が聞こえ振り返ると、杠葉が立っていた。杠葉は自分の両手を握ったり広げたりしている。遊馬も同じようにした。違和感なく動かせる。実体がそのままこの場にあるような感覚だ。

「ここ……カレンさんの夢の中、ですよね」

「夢渡りが成功していればね。この町が、ルカさんたちの言っていた知らない町だろう」

杠葉がぐるりと周囲を見渡した。民家、歩道、電信柱に電線、空。なんの変哲もない、おかしな箇所もない景色だ。ただ、生き物の気配だけがひとつもない。

「さて、皆さんの話ではそのうち人形が迎えに来てくれるとのことだったけど」

「もう目当ての少女は捕まえていますし、おれたちは女子中学生じゃないので、向こうから来てはくれません、よね」

「だろうね」

杠葉が適当に歩き出すのを、遊馬は慌てて追いかける。

「この町は、怪異に関係した場所なんでしょうか」

とりあえず道を真っ直ぐに歩いた。電信柱に街区表示板が付けられていたが、文字化けしていて読めなかった。家々の表札や交差点の標識も同じだ。実在する土地か、そうでないかの判断はできない。

「撫子さんは、かつて人に使われていた人形の怪異だと言っていたね。だとしたら、その人形の持ち主が住んでいた場所じゃないかと思うけど、まあ、どこだろうとそれはたいして重要じゃない」

言い切る杠葉に、そのとおりだと遊馬は思った。今回の仕事に怪異の正体も背景も関係ない。遊馬たちのすべきことは、カレンの精神を見つけ、共に現実の世界へと帰ることだけである。

「あ、見てください、川ですよ」

遊馬は駆けだした。道の先に、五メートルほどの幅の川が流れていた。向こう側に渡る橋が正面に真っ直ぐ続いている。その橋の手前で、遊馬はぴたりと足を止める。

「……」

すんと鼻を鳴らした。かすかに漂う臭いに眉を寄せ、川の向こうをじっと睨む。

「どうしたの？」

追いついた杠葉に、遊馬は橋の先を指さしながら告げる。

「……臭います。たぶん、向こうのほうから」

薄《う》っすらとだが、確かに辺りに漂っている。例えようのない、遊馬にしかわからない、嫌な臭いが。

「怪異の臭い？」

「はい。病院でカレンさんの体から感じたのと同じやつです。元を辿れるかもしれません」

「なら行こう。その先に怪異がいるはずだ」

はい、と遊馬は頷き、杠葉と共に橋を渡った。

川の向こう側もごく普通の町並みが広がるばかりだった。自分が夢の中にいるとは思えないほど、現実的で、平凡で、しかし無機質で異様な町だ。進むごとに確実に、怪異の臭いが濃くなっていく。

「ここ、ですね」

何度か行ったり来たりを繰り返し町を彷徨《さまよ》いながら、遊馬たちはある一軒の民家の前に辿り着いた。

周囲の家々に紛《まぎ》れた、ごく一般的な建物だ。二階建ての小振りな一軒家。新しくないが古くもない、さして特徴のない家だった。見た目だけで判断していたら見逃していただろう。けれど臭いは確実にこの家から漏れていた。ここが怪異の棲み処であることは間違いなかった。

「見て遊馬くん」

杠葉が門柱の表札を示した。町中の他の文字はすべて読めなくなっていたが、この家の表札だけははっきりと『榊原《さかきばら》』と書かれていた。

「入ろう」

杠葉が敷地に足を踏み入れる。遊馬もすぐにあとに続いた。

玄関に鍵は掛かっていなかった。ドアを開けると、まず奥へ続く廊下と二階へのぼる階段が見える。怪異の姿はなく、一見してやはり普通の家に思えた。が、一層濃い臭いが家の中から漏れ出しており、遊馬は一瞬息を止めた。

「気をつけてください。間違いなくここにいます」

「うん。わかった」

慎重に、家の中に入っていく。一歩足を踏み出すたび、廊下の床板がきしりと音を立てた。薄暗く、しんと静かだ。夢の中だというのに心臓が強く打っていて、自分の鼓動ばかりが大きく聞こえる。

手前の部屋を覗いた。リビングだろうか、外の光の入る窓があり、テレビとソファが置いてある。テーブルの上にテレビのリモコンが斜めに置かれているのが、妙に生活感があって気味悪かった。人の気配などどこにもないというのに、まるで今もここで誰かが暮らしているみたいだ。

一階には他にダイニングキッチン、トイレや浴室などの水回りが揃っていた。ひととおり回ったが、カレンの姿も怪異も見当たらない。

「下の階にはいないみたいだ。上に行ってみようか」

「……ですね」

玄関前に戻り、二階へ続く階段をのぼっていく。

二階もぱっと見た限りでは不審な箇所はなかった。夫婦の寝室らしき部屋があり、その奥には小さな和室がある。

和室の隣には子ども部屋があった。勉強机と木製の白いベッド、部屋の中央には丸いカーペットが敷かれていて、壁際に小さな本棚と姿見がひとつ置いてある。

家具の雰囲気から女の子の部屋だろうと思われた。窓から入り込む陽光に明るく照らされた室内に、遊馬はふと、ある物を見つけた。

「ゆ、杠葉さん、あれ……」

ベッドの寝具の上に人形が置いてある。遊馬は咄嗟に身構えた。今回の怪異は人形の可能性が高い。あれが、怪異の本体かもしれない。

「遊馬くんはここにいて」

部屋の入り口に遊馬を残し、杠葉がひとりで子ども部屋に入っていく。杠葉は、少し距離を取って眺めてから、そっと近寄り両手で人形を抱えた。

「遊馬くん」

杠葉が振り向く。遊馬は廊下を確認してから、子ども部屋に踏み入った。

「どう、しました？　何かありました？」

「見て。どう思う?」

紅葉から人形を渡された。遊馬は怖々受け取り、間近で人形を観察する。

「これって……」

幼児が遊ぶ、女の子を模《かたど》った着せ替え人形だ。しかしルカたちの言っていた人形とは見た目が違う。

フリフリの服を着て、目は青く、茶色い髪にリボンを着けていると少女たちは言っていた。しかしこの人形は大きな黒い瞳に、やはり黒くて長い髪、着せ替え人形にはあまり合わないスウェットのような上下を身に着けている。

遊馬はまじまじと人形を見下ろした。人形に既視感を覚えたのだ。この見た目は、まるでルカのよう……いや。

「カレンさん?」

思わず口に出していた。遊馬がぱっと顔を上げると、目が合った紅葉がこくりと頷いた。

やはりこの人形はルカとカレンにそっくりだ。カレンに似せて怪異が作ったものだろうか。それとも、この人形自体が、もしや。

「あっ」

ふいに、人形の黒い両目から雫が落ちた。人形が泣いたのだ。表情を変えず、手足どころか瞼ひとつ動かさないただの人形であるはずなのに。

遊馬の声に……呼ばれた自分の名に、カレンは泣いた。

「やっぱり、この人形がカレンさん？　おれたちの声が聞こえてるの？」

「こんな姿だけど、まだ人としての意識を保てているみたいだね」

杠葉はスラックスのポケットからハンカチを取り出した。遊馬はそれを貰い、丁寧にカレンを包み込んだ。

「杠葉さん、どうします？　カレンさんを人間の姿に戻さないと」

「うん。でもまずは一旦家の外に出よう。ここは危険だ」

いつ怪異が現れるかわからない。杠葉の言葉に、遊馬はからからの喉に唾を流し込みながら頷いた。

廊下を確認してから部屋を出る。早足で階段に向かい、一段二段と駆け下りる。

そのとき、

【ねえ】

ふと、背後から子どもの声が聞こえ、遊馬は階段の途中で足を止めた。幼女の甲高い可愛らしい声だ。しかしなぜか体の芯から寒気が襲う。

【そのお人形、返して】

どっと、心臓が激しく音を立てた。

ぶわりと全身の肌が粟立《あわだ》つ。恐怖で身が竦み、呼吸もうまくできず、唇の隙間から空気を吸う短い音だけ聞こえた。

すでに階段を下りきっていた杠葉が、振り返り、顔を強張らせる。

「……遊馬くん。そのまま下りてきなさい」

硬い声で杠葉は言った。遊馬は言われたとおりにしようとした。しかし、まるで誘われでもしたように、意識に反して首がゆっくり背後に向く。

【捨てないで。それ、あたしのだよ】

階段の上から、巨大な人形の顔が、遊馬たちを覗いていた。

青い目。茶色い髪。大きなリボン。フリルの付いた服の襟元。

人形は、焦点の定まらない硝子の瞳で、遊馬とカレンをじいっと見ていた。

「遊馬くん」

杠葉が小さな声で呼ぶ。遊馬はどうにか右足を一歩下の段に下ろした。人形から目は離せない。見たくない。今すぐ逃げたい。脳がすべてを拒否している。なのに視線を動かせない。

【まだ遊べるよ。捨てたらだめだよ】

人形は遊馬を見ながら舌足らずな口調でそう言った。遊馬は冷え切った震える手で、カレンをぎゅっと抱き締める。

「だ、大丈夫、捨てないよ。ちょっと、借りてるだけだから」

どうにか声を出し、遊馬は人形に語りかけた。玄関はすぐそこにある。怪異の領域はこの家のみだ。この家から出さえすれば、怪異の力は弱くなる。ほんのわずか意識を逸らせばいい。外に出る時間だけ作れればいい。

【ううん。捨てるよ。大きい子は、みんなそう。あたしのことも、捨てちゃうの。大きい子は、捨てちゃうの】

だが人形の怪異は遊馬の思惑に反し、こちらに向け身を乗り出した。球体の関節で繋がった指が階段の手摺りに掛けられる。

【あたしはね、いらなくなったからって捨てないよ。ちゃんとね、最後まで遊んであげるの。だからね、捨てちゃだめだよ。そのお人形ともっと遊ぶの。ずっと、ずっと、壊れちゃうまで遊んであげる】

巨大な人形の身には天井が低く、頭部は首から横に曲がっていた。いびつな歪み方が一層不気味さを掻き立てていた。遊馬は、自分のこめかみを冷や汗が伝っていくのがわかった。

【前のお人形もそうだったよ。ちゃあんとぼろぼろになるまで遊んだよ。その前も、その前も、手と足と頭が取れちゃうまで遊んだよ。だからそのお人形もそうなるまで遊んであげるの。捨てないよ。あたしは絶対その子だけを大事にするよ】

動かないはずの人形の口が、びきり、びきりと、大きく弓なりに裂けていく。

【だから、返して】

赤い口に、異様に真白い歯が見えた。

「走れ遊馬くん！」

杠葉が叫んだ。遊馬ははっとし、人形に背を向け階段を駆け下りる。杠葉が玄関のドアを開けた。しかしそこは外に繋がってはいなかった。玄関ドアの向こうには別の場所にあったはずのリビングがある。空間がおかしくなっている。

「な、なんだよこれ！　どうなってんだよ」

「とりあえず今は逃げるしかない。行くよ」

遊馬たちは玄関ドアを抜けリビングに駆け込んだ。リビングの向こうは二階にあったはずの子ども部屋、ダイニングキッチン、またリビング。窓から出ても延々と部屋が続き、外に出られる場所を見つけることができない。

【返せ！　返せ！　返せ！】

人形の怪異は這《は》いずりながら遊馬たちを追ってきていた。形相はすでに元の人形の顔つきを留めてはいない。

遊馬は必死にカレンを腕の中に隠した。奪われるわけにはいかなかった。ここでカレンが怪異の手に渡ったら、恐らく二度とカレンを救う機会は訪れない。それどころか、遊馬たちも生きて現実に戻ることはできないかもしれない。

【返せぇ！　あたしの人形！】

幼女の面影などない、地の底から湧くような声がすぐ後ろで轟《とどろ》いた。足がもつれ躓《つまず》きかける。転倒は避けたが、一瞬足を止めたその隙に、人形が間近に迫っていた。

【かぁあえせぇえええ！】

「遊馬くん！」

人形の手が遊馬に伸びる。遊馬はカレンを後ろに庇《かば》い、ぎゅっと目を瞑《つぶ》った。

【いぎぃいい！】

瞬間、人形の悲鳴が響き渡った。遊馬がそっと目を開け振り返ると、人形が裂けた口を歪ませながら身を引いていくのが見えた。

「な、何？」

「遊馬くんこっちへ！」

　理解が追いついていなかったが、杠葉に引っ張られふたたび走り出す。

「樒の香だ」

　杠葉が言う。遊馬はああ、と思い出した。悪霊が嫌うという香りの線香を焚いていた。それが効いてくれたのだ。

「撫子さんの言うこともたまには聞くものだね」

「たまにって、杠葉さん、なんだかんだでしょっちゅう撫子さんの言うこと聞いてあげてるじゃないですか」

「いいように使われているだけだよ」

　杠葉が唇をへの字にした。遊馬はふふっと笑う。まったくもって笑っている場合ではないことは理解している。

【ドコにいっタ？　カエせ。カエせかえセかえセカエセ！】

　無限の空間のどこかから怪異の声がする。激しい足音が聞こえてくる。少し距離を稼ぎはしたが追いつかれるのは時間の問題だろう。隠れるのも無駄だ。怪異から逃れるには家の外に出るほかない。その方法が見つからない。

「どうしましょう、樒の匂いだけで次も身を守れるとは思えませんよ」

遊馬は焦りながら問いかけた。しかし杠葉からの返答はない。

見れば、杠葉は右手の親指を唇に当てていた。何か考えているようだ。

「撫子さんの、言っていたこと……」

そう呟いたかと思えば、杠葉は突如足を止めた。遊馬も慌てて立ち止まる。人形の声と足音はどんどん近くなっている。

「ちょ、杠葉さんどうしたんです。やばいですよ」

「カレンさん、よく聞いて」

杠葉は遊馬には答えず、視線をカレンに向けていた。カレンはただの人形の体のまま遊馬の手に抱かれている。

「ここは怪異の領域であるのと同時に、まだきみの夢の中でもある。きみの夢の中なら、あらゆることはきみの想像のままに変化する。自覚するんだ」

遊馬は息を呑んだ。そうだ、撫子は確かにそんなことも言っていた。

——夢の中は、どれだけ現実味があったとしても夢の中。すべては自分の想像次第ってことを覚えておいてね。

ここは現実ではない。怪異がすべてを支配する世界でもない。カレンの夢だ。カレンが創り出した、カレンの世界であるのだ。

「これはただの夢。きみは人形ではなく人間で、あの化け物こそ、ただの人形だ」

とくん、と。

手の中の着せ替え人形がかすかに動いた気がした。無機質な物の感触しかなかった表面に、命の宿る熱が灯《とも》る。

【アタシノォ！　オにンギょオオお！】

怪異の絶叫がそばで聞こえた。

遊馬は、ゆっくりと瞬きをした。瞼を閉じて開けたときには、手に人形はなく、ルカと見紛《みまが》うひとりの少女が、目の前に立っていた。

「カレンさんですね？」

杠葉が少女に問うと、少女はやはりルカに似た声で、

「はい。戸塚カレンです」

とはっきり答えた。

疲れ切った表情をして、手は恐怖に震えている。それでもカレンは自らの両の足で立ち、光を湛えた大きな瞳で、杠葉と遊馬を見ていた。

遊馬はほうっと肩の力を抜いてから、後ろを振り返った。カレンが人間の姿に戻

ったのと同時に、怪異の声と足音がぱたりと止んでいた。

数歩離れたところに、小さな着せ替え人形が一体落ちていた。

遊馬はそれを拾いに行こうと一歩踏み出す。そのとき、地面がどんと音を立て大きく揺れた。家具が倒れ窓が割れる。立っているのが困難なほどの揺れだった。

「怪異の領域が揺らいでいるんだ。外に出よう」

杠葉が叫んだ。遊馬たちの前に、ずっと見当たらなかった玄関が現れていた。

遊馬が踵を返す直前、人形が、倒れた棚の下敷きとなるのが見えた。遊馬は振り返ることなく、開いた玄関のドアから外へ飛び出した。

「これは……」

家の外に出られはした、が、地震はなおも続いていた。地面が揺れているだけではない。周囲の建物が次々と崩壊を始めている。夢の世界が、崩れていく。

「杠葉さん、早く夢から出ないと！」

「うん。でももう成り行きに身を任せるしかなさそうだ」

「え？　うわあっ」

足元のアスファルトがひび割れ始めた。亀裂はどんどんと広がり地面までもが失われていく。アスファルトの欠片が亀裂の狭間《はざま》へと落下していた。落下した先は、ぞっとするほど、何も見えない闇だった。

「ゆ、杠葉さん」

「きっと大丈夫だ。遊馬くん、カレンさんも」

杠葉は自分にしがみついていたカレンをそっと離し、両肩に手を置く。正面から、震える少女を真っ直ぐに見遣る。

「カレンさん、あなたの大切な妹があなたを待っています」

「あたし、を？」

「あなたを助けるために一生懸命に頑張っていました。だから彼女のもとへ、必ず帰ってあげてください」

カレンは両目に涙を浮かべ、こくりと深く頷いた。

崩壊は止まらない。三人の立つ足元はとうとう崩れ落ち、真っ暗なひび割れの隙間へと落ちていく。

光が遠のく中、長い黒髪を頭上へと靡《なび》かせた少女が、

「ルカ」

と、双子の妹の名を呼ぶのが聞こえた。

意識が暗闇に包まれていく。

○

目が覚めた。

ばっと体を起こすと、左の頬にかすかな痛みを感じた。触れると肌がざりざりとしている。畳の跡が付いているようだ。

ふたつの香炉を挟んだところに杠葉が倒れていた。「杠葉さん」と声を掛けながら揺さぶると、顔に垂れた髪の隙間から、徐々に瞼が開くのが見えた。

「杠葉さん、大丈夫ですか」

「……うん。遊馬くんは？」

「おれも平気です。どうやら帰ってこられたみたいですね」

今遊馬たちのいる場所は、間違いなく、がらくた堂の二階、夢渡りを行った和室だった。窓の外はすっかり暗くなっており、廊下の小さな電球の灯りだけが室内に入ってきている。

部屋の壁掛け時計は、覚えのある時間から一時間が過ぎたところを示していた。念のためスマートフォンでも確認する。日付も変わっておらず、やはり一時間だけが経過していた。

「あれは、現実に帰るための正攻法ではなかった気がするけど……無事に戻れてよかったよ」

起き上がった杠葉が、上品な顔立ちに似合わないあくびをした。右側に寝癖が付いていて、遊馬は思わず笑ってしまった。

〈夢渡りの香〉は、火が点いて燃え尽きたかのように、カレンの髪ごとすべて灰になってしまっている。榁の線香も三本ともすでに燃え終わっている。

「……カレンさん、どうなりましたかね」

遊馬はぽつりと呟いた。どうだろうね、と杠葉が返した。

沈黙が流れた直後、遊馬のスマートフォンが着信音を鳴らす。

「あ、ルカさんからです」

遊馬はすぐに通話ボタンをタップした。スピーカーの向こうから、ルカの涙声が聞こえてくる。

遊馬はルカの言葉にうん、うんと頷き、最後に「がらくた堂のご利用ありがとうございました」と伝えて通話を切った。

ホーム画面が点いたままのスマートフォンを見下ろし、一度深く呼吸をしてから、ゆっくりと顔を上げる。

「カレンさん、目を覚ましたって」

遊馬たちが起きたのと同じタイミングで、カレンも夢から目覚めていた。瞼を開けたカレンは、何よりも先に「待っててくれてありがとう」と掠れた声でルカに伝えたそうだ。

そして杠葉と遊馬にも何度も礼を言っていた。電話口のルカはずっと泣いていて、最後のほうは何を喋っているのかわからないくらいだった。その後ろから、ルカによく似た、小さくも軽やかな笑い声が聞こえていた。

「そう」

遊馬の報告に、杠葉は短くそれだけを答えた。涼しげな顔が微笑むのを見て、遊馬はにいっと満面で笑った。


後日、杠葉とふたりでボレロに乗って出かけた際、紺襟のセーラー服を着た中学生がふたり、並んで道を歩いているのを見かけた。

ふたりとも長い黒髪で、後ろ姿がよく似ていたが、正面から見ても見間違えるほどそっくりな顔立ちをしていた。

少女たちは年相応に笑い合いながら、仲良く家路に就いていた。

遊馬は座席の背もたれに身を預ける。カーステレオから流れる昭和の名曲に合わせ、調子外れの鼻歌を歌う。

第三話　深海の目

ある日の早朝、ひとりの男が断崖絶壁から飛び降りた。

自分自身に絶望し、同時に自分を評価しなかった世間のすべてを恨み、冷たい海に身を投げた。

男の体は瞬く間に荒れた波間に消えた。男が落ちる姿を見た人間はひとりもいなかった。

ある日の早朝のこと。男が海に落ちたことを知る人間は、どこにもいない。

○

遊馬悠人はあくびを嚙《か》み殺し、店の硝子戸を磨いていた。年代物の硝子の曇りは布で拭くだけでは到底取れないが、表面に付いた軽い汚れはすっかり綺麗になっている。それでもなお遊馬は硝子を磨き続けた。他にやることがないからであった。

「杠葉さん」

硝子の煌《きら》めきに目をやられたところで、遊馬は店の中に向かい呼びかけた。

カウンター内で読書をしていた店主、紅葉伊織が顔を上げる。今日も白のシャツを着て、ネイビーのリボンタイを合わせている。

「何？」

「あの……撫子さんのとこに行くおつかいとかありません？」

「とくにないね」

ぴしゃりと言われ、遊馬は項垂《うなだ》れた。

この紅葉古物堂、通称・がらくた堂は、万年閑古鳥の鳴く店であるが、ここ数日は客がひとりも訪れず、いつにも増して暇な日々が続いていた。店が繁盛しないことをさして気にしていない紅葉は毎日をマイペースに過ごしており、遊馬にも「空いた時間は好きなことしてていいよ」と言っている。が、一応仕事として来ている以上いくら許しを得たとしても遊び呆けるわけにはいかない、と存外真面目な遊馬は思ってしまう。

そのためなんとかしてやることを探しているのだが……もう店の中どころか紅葉の生活圏内まで掃除し尽くしてしまっていた。さすがにやることがない。

「暇だなあ。夕飯の材料でも買い出しにでも行こうかなあ」

杠葉の分も買えば仕事中に買い物に行く罪悪感も薄れるだろう。そんなことを考えながらひとりごとを漏らしていたら、

「暇してんのか、ならちょうどいいや」

と、背後から声が聞こえた。

遊馬が振り向くと、店の前に若い男がひとり立っていた。長髪をひとつに束ね、龍の刺繍《ししゅう》の入ったスカジャンを羽織っている。スカジャンはその男のトレードマークだと以前自身で言っていた。馴染みの格好だった。

「御剣《みつるぎ》さん」

遊馬がそう声をかけると、御剣日架《にちか》は「よっ」と右手を上げ、人懐こい顔でにかりと笑った。

「調子どうだ、遊馬チャン」

「ええ、とくに変わらず。御剣さん、うちに来るのって久しぶりじゃないです？」

「まあ最近仕事が忙しくてな。それに比べおたくらはいつも時間が有り余ってるみたいで羨ましいぜ」

「はは……どうも」

顔を引きつらせる遊馬に構わず、御剣は店内へと入っていく。

「よお、杠葉サン」

真っ直ぐ奥へ向かっていき、御剣はカウンターに片肘を突いた。ロッキングチェアに座っていた杠葉が、体勢を変えないまま目線だけをちらりと上げる。

「きみか」

「なんだよその態度は。客商売だろ、もうちっと愛想よくできねえのかよ」

「きみは客じゃないでしょう。僕は無駄に愛嬌《あいきょう》を振りまく趣味はないし、それに、最近はがらくた堂も暇でね。きみが面白がるようなネタはないよ」

杠葉はそれだけ言うと手元の小説に視線を戻した。御剣がはっと鼻で笑う。

「古物商のほうだけじゃなく、怪異相談も商売あがったりかあ？」

煽《あお》っても杠葉は反応しない。御剣はつまらなそうに遊馬を振り返り、肩を竦めておどけてみせた。

御剣日架は、オカルト情報専門のフリーライターである。真実味のある噂から、どう考えても作り話としか思えないことまで、オカルト関連であればなんでも飛びついて記事にする。年齢は二十七歳と言っていた。住所は知らない。出身は九州だそうだが、十八で東京に来てから地元には一度も帰っていないらしい。

まだ遊馬ががらくた堂で働き始める前、杠葉が客からの怪異相談を受けている最中に知り合ったと聞いている。それから御剣は度々ネタを拾いにがらくた堂を訪れた。減るものでもないしと話せることは話してあげていた遊馬と違い、杠葉は相手をするのが億劫《おっくう》なようで、御剣の来訪を面倒がっている様子だった。

「あの、御剣さん、お茶淹れましょうか」

遊馬が言うと、御剣は即頷く。

「さんきゅー遊馬チャン。でも茶より杠葉サンのコーヒーが飲みてえな」

「あ、はい」

「遊馬くん、ただの冷やかしには水すら不要だよ」

「あ、そうですよね」

「酷《ひで》ぇなおい！」

杠葉は案外頑固なところがある。こうなると意地でも御剣をもてなしはしないだろう。仕方ない。御剣には悪いがさっさと帰ってもらおう。

遊馬がそう決めたとき、なぜか御剣が不敵に笑った。

「ところがどっこい。今日のおれは冷やかしでも、ネタを貰いに来たわけでもねぇんだな」

御剣は姿勢を正し、お気に入りのスカジャンの襟元を直す。

「おたくらに相談があって来た。面白《おもしれ》ぇ話があるんだ」

聞くかい、と御剣はどこか色気の漂う声音で言った。

杠葉は視線を御剣へ向け、数秒間を空けたあとで、読んでいた小説をぱたりと閉じる。

「話くらいは聞いてあげよう」

静かな返答に、御剣は「そうこなくっちゃ」と声を上げた。


とはいえ御剣を応接間へは上げたくないようで、店を開けたまま、カウンターで話を聞くことになった。

遊馬はスツールをふたつ持ってきてカウンターの外に並べる。御剣は文句ひとつ言わずそれに腰掛け、カウンターに頬杖を突いている。

遊馬がもうひとつのスツールに座ったとき、杠葉が冷蔵庫に入れていた水出しのアイスコーヒーをグラスに移して持ってきた。ひとつを御剣の前に置くと、御剣はすぐさま半分ほどを一気に飲んでしまった。

「……それで、面白い話とは？」

カウンター内に入った杠葉が、ロッキングチェアに凭《もた》れながら訊ねる。御剣はもったいぶるように杠葉と遊馬とに順に目を遣り、にいっと白い八重歯を見せて笑った。

「最近関東を中心に起きている連続失踪事件を知っているか？」

遊馬は首を傾げた。杠葉も眉を寄せている。

「まあ、大々的にニュースにはなってねえから知らねえってのも無理ねえよ。失踪してるのは全員社会人。大人の失踪なんてのはざらにあるから、いちいち大事になんかしやしねえ」

御剣はそう言って、ボディバッグから小さな手帳を取り出した。ぱらぱらとページを捲《めく》っていく。

「おれが把握しているだけで、この三ヶ月で八人。全員現在も行方は不明」

「連続失踪、ということは、失踪者になんらかの繋がりがあるということ？　同じ組織に属しているとか、同じ町に住んでいるとか。それならさすがにニュースになりそうな気もするけれど」

「いいや。偶然近所の奴《やつ》もいるが、それでもほとんど住所はばらばらだし、年齢も性別も職業も違う。もちろん同じ趣味があってネットとかサークルとかで繋がっていたってわけでもねえ。失踪者たちそれぞれに面識はなかったみてえだ」

御剣は開いた手帳を杠葉に見せた。遊馬が覗き込むと、数名の名前や年齢、性別、職業などが書かれていた。

男性が六人、女性が二人。御剣の言うとおり、プロフィール上に共通点は見られない。

「ならばなぜ連続と？」

杠葉が問うと、御剣は右手の人差し指を顔の前にぴんと立てた。

「ひとつだけ、失踪者に共通することがあったのさ」

「共通？」

「皆、失踪する直前、とある彫刻家のレリーフを買っていた」

御剣は手帳を置き、スマートフォンを取り出した。画面に指先を何度か滑らせてから、くるりと裏返し杠葉に向ける。

「樫本真二郎《かしもとしんじろう》」

画面を見ながら杠葉が呟いた。御剣の開いたウェブサイトには、目の窪《くぼ》んだ中年の男の写真が掲載されていて、男の名も一緒に記されていた。

「今、芸術界で大人気の彫刻家だ」

知ってるか、と御剣が問う。杠葉は首を横に振った。

「いや、聞いたことはない」

「だろうな。何せ樫本の作品が注目されだしたのはわずか半年前。若い頃から彫刻をやっていたようだが鳴かず飛ばず。それが四十一歳にして突如世間に認められるようになったんだ」

御剣の話では、樫本がこの半年の間に発表した作品は、それまでとは作風も完成度もまるで違っていたという。以前の作品は、技術面での巧みさはあるが、良くも悪くも見本のようなものばかりで面白味と芸術性に欠けていた。しかし今の樫本が生み出すのは、大胆な構図に目を奪われる、大層美しい彫刻であり、且つどこか狂気も感じるほどの気迫に満ちた作品であった。

あまりにも以前と違うから、他の人間が作ったものではないかという疑いもかけられた。しかしそれはすぐに払拭される。樫本を取材したとある美術雑誌の記者が、その制作風景を直に見たのだ。間違いなく樫本は、自らの手で神懸かった彫刻作品を一からひとりで彫り上げていた。

記者が驚いたのは、樫本の技術だけではなく、ひとつの作品を生み出す早さに対してもだった。他の作家ならば早くても数日、長ければ数ヶ月と掛けるだろう質の作品を、樫本はたったの一日で彫り上げたという。

「だから樫本はこの半年間で、多くの作品を発表し販売している。樫本の作品を買った人間は数多くいるだろう」

御剣はスマートフォンを下ろし、顔を歪ませながらカウンターに身を乗り出す。

「だとしてもだ、そこらで買える量産品とは違うんだぜ。数多いと言ってもたかが知れている。それなのに、そいつの作品を買った人間が何人も失踪してるっていうのはどう考えても不自然じゃないか？」

御剣はじっと杠葉を睨んでいた。杠葉は冷めた表情を浮かべながら、一度ロッキングチェアを揺らした。

「確かに、不自然だね」

「だろ。これは絶対何か絡んでるぜ。樫本真二郎、怪しすぎる」

「でも何か裏があったとして、それはただの事件じゃないのかな。今のところ僕らに関係ある話とは思えないけれど」

淡々と言い放つ杠葉に、御剣は手本のような溜め息を吐いた。杠葉がむっと唇を歪める。遊馬はふたりを見守りながら、そっとストローでコーヒーを飲む。

「あのな、大きなニュースにもなってねえのに、どうしておれがこの事件を知って調べ始めたと思う？」

「さあ」

「警察だよ。ちょっと伝手があってな、警察官やってる知り合いから聞いたんだ。つまり警察もある程度失踪者と樫本の作品の関係を把握していて、ちゃんと樫本の裏を調べたんだよ」

ふん、と鼻息を鳴らし、御剣は腕を組んだ。

杠葉も指を組み直している。

「大人がひとり消えたところで警察はたいしたことしちゃくれねえが、失踪者のひとりに金持ちがいてな。誘拐なんかの可能性もあるからちゃんと捜査してくれと奥さんにせがまれて、一応家まで行って調べたんだと。そしたら失踪した旦那さんの部屋にレリーフが残されていたんだ」

これくらいの、と御剣は指先で宙に四角形を描いてみせた。御剣自身も又聞きだから正確ではないだろうが、それなりに大きなサイズの作品のようだ。

浮き彫りとも呼ばれるレリーフは、平面に起伏を与える細工を施した彫刻作品であり、樫本は一枚の板を彫り抜く方法で作品を制作していた。

「まあ、そんときは気にしちゃいなかったし、結局事件性もねえってことで行方不明者届が出されて終わった。けどそのお巡りは後日、たまたま同じ管轄内で失踪した別の人間の家に入る機会があった。無断欠勤をしていて連絡がつかない、家ん中で死んでるかもしれないって通報があってな。んで入ってみたら誰もいねえし死体もねえ。その代わり、あったのさ。ついこの前見たばかりのもんにそっくりのレリーフが」

怪談でも話すかのように、御剣は大げさに表情を変え語る。反して杠葉は真顔のままで御剣の話を聞いている。

「金持ちの家なら違和感もねえが、二人目はワンルームに住んでてな、そのレリーフが家に合わずやけに浮いて見えたんだと。妙に思ったそいつは、警視庁に勤めている先輩に相談した。その先輩ってのがおれの知り合いだったんだが……」

御剣曰く、話を聞いて気になった知人は、ここ最近行方不明者届が出された人物の中で、失踪理由が不明な人物を中心に調べることにしたという。すると、数名の自宅にやはりレリーフが――樫本真二郎の作品が残されていた。

「そこで失踪と樫本とが結び付けられたが、作品の販売は代理の業者が行っていて、販売後に本人が接触した証拠もなかった。やべえ組織との繋がりもねえし、もちろん作品に仕掛けもねえ。結果、失踪者がレリーフを持っていたのは偶然であり、樫本はなんの関係もないと判断されたんだ」

　しかし引っかかりを覚えていた御剣の知人は、不可解なことが大好物である御剣にこの話を持っていった。案の定御剣は興味を示し、杠葉たちのもとへとやって来たのだった。

「調べてみたが、おれもやっぱり樫本が怪しいと踏んでる。おれの直感は当たるんだよ。警察が介入してもわかんねえことなら、こりゃもう警察じゃわかりようもねえこと……おたくらの案件ってことだろうがよ」

　つまり、怪異が絡んでいる。

　御剣はばんとカウンターを叩き、かっと目を見開いた。

「なあ、調べてみてえと思わねえか」

　口角を高く持ち上げ、御剣は杠葉に詰め寄った。

　杠葉は、鋭い視線をじっと見つめ返したあと、ふっと目を逸らし、ロッキングチェアの肘掛けに頬杖を突いた。

「確かに気にはなる」

「だろ！」

「けれど、失踪者の身内から依頼があったわけじゃないからね」

「それはおれからの依頼ってことでいいだろうが」

「そうなると気が進まないな。きみの仕事を手伝う気はない」

「なんだよ。気になってるっつってんだからいいじゃねえか」

先ほどまでの強気な表情はどこへやら、御剣は駄々を捏《こ》ねる子どものように杠葉のシャツの袖を摑む。

杠葉は嫌そうな顔をしながら御剣を引き剝がそうとしていた。遊馬は、ふたりの手が当たらないよう、慌ててコップを避難させた。

そのとき。

「あの、すみません」

表から男性の声が聞こえ、振り返る。

「はぁい、いらっしゃいませ」

遊馬は急いで席を立ち店の入り口に向かった。開け放たれた硝子戸の外に、三十前後くらいの年齢の男性がふたり立っていた。ひとりはスーツ、ひとりはシンプルな私服姿だった。

「ここって、古物店……？」

スーツの男が、硝子戸に書かれた店名を見ながら言う。私服のほうは店の中を覗いていた。奥では杠葉と御剣がまだ服の引っ張り合いをしている。

「はい。杠葉古物堂です。販売も買取もしていますよ」

「あ、そう、ですか」

男性たちは困惑気味に目を見合わせた。その様子から、遊馬ははっと思い至る。

「もしかして、怪異相談の方でしょうか」

そう問うと、男たちは揃って遊馬を見た。

「うちは怪異に関する相談も承っていますよ」と遊馬が続ければ、私服の男が、神妙な面持ちで口を開く。

「突然消えた友人を捜してほしい、なんて相談、聞いてもらえますかね……」

「消えた?」

遊馬はつい訊き返した。今の今まで似たような話を聞いていたからだ。

「すみません。正直なところ怪異とか関係ないかもしれないんですけど、警察は事件性はないって言うし、探偵を使っても行方が摑めなくて。もうこういうところにお願いするしかない状況で」

「自主的に蒸発した可能性は?」

「……絶対ないとは言えません。でもそいつ、急にいなくなるような奴じゃないんですよ。家族も職場の人も、周囲の人たちが皆驚いているくらいで」

男性の言葉に、遊馬は店内を振り返った。杠葉と御剣もいつの間にか話を聞いていたようだ、大人しく、ふたり揃って視線をこちらに向けている。

「きみの把握している八人の中に入っている？」

杠葉が呟いた。

「九人目かもしれねえな」

御剣が答えると、杠葉は立ち上がり、カウンターの外へ出てきた。男性たちのそばまで来ると、髪を耳にかけ、御剣に向けていたのとはまるで違う柔らかな表情を浮かべた。

「とりあえずお話を伺いましょう。どうぞ中へ」

応接間には、なぜか御剣も付いてきた。部外者だから出て行けと杠葉に言われていたが、

「これが件《くだん》の連続失踪事件にかかわってんなら、おれの情報が役に立つかもしれないぜ」

と五度ほど言い張り、どうにかこうにか応接間に居座ることに成功していた。

ソファに杠葉と遊馬、男性ふたりがそれぞれ向き合って座り、御剣は一階から持

ってきたスツールをテーブルの横に置いて腰掛けている。

「怪異相談処、がらくた堂の杠葉です」

「遊馬です」

「おれはオカルト専門のライターをやってる御剣だ。どうぞご贔屓《ひいき》に」

杠葉と遊馬が名刺を渡すのに合わせ、ちゃっかり御剣も自分の名刺を差し出していた。男性たちは「はあ」と漏らしつつ受け取っている。

スーツの男は前田《まえだ》、私服の男は佐野《さの》と名乗った。共に二十九歳で北海道出身。小学校からの幼馴染みだという。

「捜してほしい友人は、菊池雅哉《きくちまさや》と言います。菊池も地元が同じで、おれたちふたりの同級生です」

佐野が菊池の写真をスマートフォンに表示してみせた。念のため用意しています、とプリントアウトした物もテーブルに置く。

ごく普通の青年であった。飲み会の場だろうか、ビールジョッキを片手に笑う菊池は、偽りなく楽しげで、年相応に潑溂《はつらつ》として見える。

「菊池がいなくなったのは三週間ほど前です。仕事を無断欠勤したらしく、家族に連絡が入って。でも身内は皆北海道にいてすぐには様子を見に行けないから、代わりに僕が家に行くよう菊池の母親から頼まれたんです」

そう言ったのは前田だ。前田と菊池は就職のため関東に出てきていた。自宅は共に神奈川にあり、ふたりとも独身であることから、社会人になっても頻繁に会っていたという。

佐野のほうは、二年ほど前に転勤のため東京に越してきた。前田ほどしょっちゅう会っていたわけではないが、佐野も定期的に菊池と遊んでいたようだ。

ふたりとも、菊池が失踪する数日前には会って話す機会があった。他の人には言えないことも打ち明け合う仲であったが、菊池はとくに悩みも不安も零していなかったという。それどころか、仕事が順調で楽しいと前向きな発言までしていた。次に会う約束もしていたようだ。

その数日後、三十分程度の残業を終えて会社を出たあと、菊池の足取りは途絶えた。会社の最寄り駅から自宅の最寄りまで電車を利用していたことは確認が取れたが、その後自宅に帰った形跡はなく、夜のうちに姿を消していた。

「その日以降、連絡も取れません。電話も繋がらないしメッセージに既読も付かない。行きそうな場所を捜したりもしたけど、どこも一切立ち寄ってはいないみたいでした」

前田が言う。

菊池の自宅は荒らされても片付けられてもおらず、当日の朝まで普通に生活していただろう状態で残っていたそうだ。下着やワイシャツが洗濯カゴに放り込まれ、缶ビールが冷蔵庫に冷やされていた。アパートの宅配ボックスには、前日に注文していたらしい通販の商品まで入っていた。

出張用にスーツケースも持っていたが、そのまま部屋の隅に置かれていたという。菊池は失踪する際、私物をほとんど持ち出していなかったのだ。

「もしかしたら、僕らに言えない悩みもあったのかもしれないけど、本当にそんなふうには見えなかったんですよ。結構はっきり物を言うタイプで、嫌なことがあっても引きずらないし」

前田の言葉に佐野がうんうんと頷く。

「仕事でも認められてきたって喜んでたしな。上司とか後輩とも仲良くて、職場の人とよく飯を食いに行ってるって言ってましたよ。充実してる感じだったけど」

つまり、傍《はた》から見て、菊池は家族や友人、職場とも縁を切って突然行方をくらます人間ではなかったというわけだ。菊池が消えた理由も、どこへ行ったかも、誰も見当がつかない。

「今、菊池の身内が探偵に依頼して足取りを追ってもらっているんですけど、現時点での成果はゼロです。借金だとか、人間関係の拗《こじ》れがなかったかも一応調べてもらいましたが、そういうのも一切ありませんでした」

項垂れながら前田が言う。その背に佐野が手を当てていた。

「ぶっちゃけ、本当に何か理由があって、あいつが自分の意思でいなくなったのなら構わないんですよ。捜して欲しくないなら捜さない。でも僕らには、この失踪があいつの意思とは思えなくて」

だから、藁にも縋る思いでがらくた堂を訪ねて来た。菊池の失踪に怪異が絡んでいると確信しているわけではない彼らには、怪異相談処など胡散臭く、信用できる場所ではなかったはずだ。それでも他に頼れるところはなかった。

大切な友人の行方を知るには……真相を知るには、なんでも利用するつもりでここへ来たのだろう。

「だから、あの、お願いします。できる範囲でいいので、菊池の失踪について調べてもらえませんでしょうか。菊池がどこに行ったのか、どうしていなくなったのかを知りたいんです」

前田と佐野が揃って頭を下げた。

御剣は手帳にひたすら書き込んでいる。杠葉は、右手の親指を唇に当て、何か考えているようだった。

「わかりました。どこまでお力になれるかはわかりませんが、そのご依頼、承りましょう」

しばらく試案したあとで杠葉はそう返事をした。前田と佐野は途端に安堵《あんど》した表情を浮かべる。

「よ、よろしくお願いします」

「しかし情報が足りません。菊池さんの失踪に心当たりのある方はいないようですが、失踪直前、本当に何も変わったところはなかったんでしょうか」

杠葉が問うと、佐野が考える仕草を見せ「そうだ、あれ」と前田に言ってから、

「菊池の親からの又聞きなんですけど」

と前置きし語り出した。

「会社の後輩が言っていたらしいんです。失踪の何日か前から、妙に菊池がぼんやりしていることがあったって。デスクに座ったまま魂が抜けたみたいにぼうっとしてて、声を掛けるとはっと気づくんだけど、菊池自身は無自覚だったみたいで。そんなこと今までなかったから珍しいって話してたそうです」

佐野の話に、杠葉が眉根を寄せる。

「……無自覚、とはどういうことでしょう」

「詳しくはわかんないけど。ぼんやりしてたことに自分では気づいてなくて、後輩がぼうっとしてましたって言ったら、菊池は驚いたらしいです。記憶が飛んでるみたいな感じかな。たぶん疲れてるんだろうって話をしたそうだけど、仕事は繁忙期じゃなかったし、菊池は体調管理には気をつけてたから、あんまり疲れてるって感じでもなくて、そのことでもやっぱり本人は首を傾げてたみたいで」

やりとりを見ていた上司の勧めもあり、すぐに病院で検査をしたそうだが、異常は見つからなかった。企業内カウンセラーとの心理相談もしており、精神面でもやはり不調があるとは言えなかったという。

ただ、菊池が失踪する日まで、その奇怪な症状は続いた。業務内容に大きな影響はなく、検査もしたのだから大丈夫と菊池は言っていたが、ぼんやりしている間の、まるでここではないどこかを見ているような菊池の視線が、後輩の目にはどうにも不気味で、異様に映ったという。

「ということは、菊池さんは何かしらの病気を抱えていた可能性もありますね」

杠葉はそう言ってやや目を伏せる。

「もしも病気が原因で自主的に、もしくは無意識に失踪したのであれば、申し訳ないですが僕らの管轄外になります」

「そう、ですね。その可能性もあるのかも……」

「でも、この案件が僕らの仕事だとするならば」

一度瞬きをし、杠葉は伏せていた視線を正面へ向けた。前田と佐野が、強張った表情で杠葉を見つめていた。

「菊池さんは、何かに呼ばれていた、かもしれない」

よく通る声が呟き、しんと、室内が静かになる。

「なあ」

わずかな沈黙を御剣が破った。

「その菊池サンってのの、レリーフを持ってなかったか？」

御剣は前田たちに向かって前のめりになる。

「レリーフ？」

「彫刻だよ。こんくらいの木の板に彫ってるやつ」

御剣が言うと、前田と佐野は顔を見合わせた。前田が困惑気味に答える。

「あ、ありました。二ヶ月くらい前だったかな、有名な彫刻家の個展で買ったとか言ってて」

「まじかよ。おい、その彫刻家の名前わかるか？」

「えっと、なんだっけな。確か、橋本《はしもと》とか言ってたような」

「樫本じゃなくてか」

「あ、そうだ。樫本。樫本真二郎」

今度は杠葉と御剣が目を見合わせる。

「おいおい。杠葉サン、こりゃまじで九人目だぜ」

「そのようだ。それに、僕らの管轄かもしれないね」

杠葉が遊馬を見た。遊馬は無言でこくりと頷いた。

実際に怪異が関係しているという証拠はまだない。だが、あまりにも気味が悪い。人の手による事象では感じ得ない心地悪さが渦巻いている。

何かが……人ならざるものが絡んでいると、直感している。

「菊池さんのお宅に伺うことはできますか？」

杠葉が訊ねると、前田がすぐに「はい」と答えた。

「菊池の家族に確認を取ってからになりますが、たぶん大丈夫だと思います。今から行きますか？」

「可能であれば」

前田はすぐに菊池の母親に連絡を取り、菊池の住んでいたアパートに入る許可を得た。遊馬たちは杠葉のマーチボレロに乗り、五人で連れ立って菊池の家に向かった。

東京から多摩川《たまがわ》を越えいくらも行かないところに、菊池の住んでいたアパートは建っていた。

最寄りの駐車場に車を停めてからアパートに向かい、中央の階段を三階までのぼる。目的の部屋は端の三〇六号室だった。前田は鞄から鍵を出すと、ドアの鍵穴に差し込んだ。

「菊池さんの家の鍵を持っているんですね」

遊馬が問うと、前田は頷く。

「菊池も僕の家の鍵を持っています。互いの親から何かあったときのためにと持たされていたんですよ。とは言ってもさすがに無断で家に上がることなんてないし、実際に使ったのは菊池が失踪した日に見に来たときだけです。使うことがあるとも思っていませんでした」

前田がドアを開ける。まず御剣が遠慮なしに進入した。続いて杠葉が入り、遊馬も前田に促され足を踏み入れる。

「お邪魔しまぁす」

部屋の間取りは単身者用の１Ｋ。散らかってはいないが片付いてもいない、いかにも若い男のひとり暮らしの家、といった印象を受けた。家具はシンプルで、自炊をしないのかキッチンだけはすっきりしている。

「見ろ」

御剣がテレビの横を指さした。絵の彫られた一枚の板があった。

飾り気のない部屋にその芸術作品は似合わない。場違いな彫刻は、大きな違和感を携えて、部屋の隅にひっそりと置かれている。

「これが、樫本真二郎のレリーフ……」

素人目に見ても美しい、見事な彫刻だった。躍動感のある大波と、蛇のような鰻《うなぎ》のような、不可思議な生き物が描かれている。波のうねった嵐の中、水面に顔を出した生物が大きな口を開けていた。小さな牙《きば》の一本一本までが生々しく彫り出され浮き上がっていた。

見事だが、底気味悪さを覚える。知らず肌が粟立つほどだ。

「取引先の人に連れて行かれた個展で、どうしてかやけに心惹《ひ》かれて買ったと言っていました。それまではこんなのまったく興味なかったはずなのに」

「何がよかったのかねえ。おれだったらこんな気色悪《わり》ぃもん家に置いときたくなんかねえけどな」

御剣がレリーフを手に取り、美術作品に触れるとは思えない雑な手つきで表面や裏を調べ始める。しかし不審な点はないようだ。他の失踪者の家で見つかったレリーフにも仕掛けはなかったと言っていた。

警察が調べてもわかるような仕掛けはない。常人にわかるものは。

「遊馬くん、何か臭う？」

隣に立ち、紅葉が小声で言った。遊馬はちらと紅葉を見てから、まだ御剣の手にあるレリーフに視線を戻す。

「……はい。潮の香りが」

遊馬は鼻に手を当てた。この家に入った瞬間から、まるで海岸にいるかのような濃い潮の臭いを感じていた。出所がわからないほど満ち溢れていた。だがレリーフをひと目見て、これが原因だと気づいた。

このレリーフから、磯臭さと、どうにも嫌な気配がする。怪異がかかわっていることは確実だ。菊池は、この臭いを漂わせている怪異の影響を受けたのだろう。

「潮……海か」

杠葉が呟いた。遊馬は鼻の下を擦る。

「たぶん、失踪した他の人たちも同じ怪異が絡んでいますよね」

「そう見るのがいいだろうね。樫本自身が怪異なのか、彼の背後に何かがいるのか、まだ不明だけれど」

杠葉は眉を寄せ、いつになく厳しい顔つきをしていた。

遊馬は、杠葉の考えていることがわかっていた。潮の臭い……海の、怪異。

この事件にかかわっているのが海の怪異であるならば——杠葉の目的とも関係している可能性がある。

杠葉が探し続けている怪異も海の怪異。この件を探れば、杠葉の探している、海神と呼ばれる怪異に辿り着けるかもしれない。

杠葉の弟を連れ去った怪異が。杠葉の弟の行方が。わかるかもしれない。

「杠葉サン、遊馬チャン」

御剣が呼ぶ。

「遊馬チャンが臭《くせ》ぇってんなら、やっぱおれの言ったとおりこの件は怪異絡みなんだろう。なあ、これからどう動く？　協力できることはするぜ」

御剣はレリーフを適当に床に置いた。前田と佐野は不安げな表情を浮かべながら、ただただ様子を見ているだけだった。

「杠葉さん、どうします？」

遊馬が問うと、杠葉はゆっくりと一度瞬きをした。

「他の失踪者の身内にも話が聞きたい。御剣くん、きみがコンタクトを取れる人はいる？」

御剣がにいっと笑う。

「もちろんだ。少しだけ時間をくれ。アポが取れ次第すぐにおたくに連絡する」

「うん。よろしく頼むよ。あと樫本真二郎についてもできる限り調べてほしい」

杠葉はそう言い、続いて前田たちに向き直った。

「菊池さんは怪異に連れ去られたのかもしれません。状況を見るに恐らく並みの怪異ではない。足跡を追いきれない可能性のほうが高いです」

それでも構わないかと杠葉は問うた。

前田と佐野は視線を合わせ、互いに頷き合う。

「あの、正直、怪異とかまったく信じられないし、全然理解できてないんですけど……でも僕たちは、あいつの身に起きた真実が知りたいです」

だからお願いしますと、前田が頭を下げた。色の剝げかけたカーペットに涙が落ちた。彼の肩に手を置く佐野の目も潤んで赤くなっている。

「わかりました。尽力します」

紅葉は静かに答えた。

遊馬はずっと、暗い海の底から漂うような、生臭さを感じている。

○

翌日の朝には樫本に関する資料が御剣から届いていた。

樫本の生い立ちに経歴、この半年間の活動の状況、現在の作品と過去の作品の写真もいくつか添付されている。

以前と現在とで作風ががらりと変わったと言っていたが、比べてみると確かに明らかな違いを見て取れた。過去の樫本の作品は、良くも悪くも個性のない、教科書どおりに作ったかのような印象を受ける。デザインとして万人受けはしそうだが、量産品と変わりない。技術さえあれば誰にでも作れてしまいそうなものだった。

しかし、現在の樫本が作るものは違う。今の彼はまさに、唯一無二の芸術作品を作り上げる。

とある美術雑誌の記事に、樫本のインタビューが載っていた。そこで樫本は『作風が変わったきっかけ』を訊かれ、こう答えている。

――神様が私に力をくれたんです。

夢の中で神に出会った。その神は、見たこともない奇妙で幻想的な世界を見せてくれた。そのとき、自分が彫刻を彫り続けていた理由にようやく気づいた。この神の、この世界を多くの人々にも見せてあげる。それこそが、自分の生まれ持った使命だったのだと。

樫本はその日から、神の世界の景色を彫り始めた。初めて神に出会って以降、瞼を閉じさえすればいつでも神の世界を垣間見ることができた。イメージは尽きず、どれだけ作品を作り続けても疲れを感じない。ひたすらに彫っているときだけが生を実感できる。

この半年間で発表された作品はすべて、樫本の目が見た神の世界を形にしたものだった。

樫本はインタビューをこう締めくくっている。

——私の彫刻を見た方は、神の世界を覗いているということ。私の彫刻に惹かれた方は、神の世界に魅入られたということ。強く、私の作品に惹きつけられたとき、きっとあなたも私と同じく神と心が繋がったのでしょう。もしかすると、私と同じように、神に選ばれる人がいるかもしれませんね。

御剣が送ってきた記事を読み、遊馬はぞっと背筋に悪寒を走らせた。もしも怪異が絡んでいると知らなければ、芸術家とは変わった人が多いのだな、と失笑して済ませただろうが、怪異の臭いを感じ取ってしまった今、樫本の言葉がひどく空恐ろしく思える。

「怪異が樫本真二郎に成り代わっているか、もしくは怪異に媒介として使われているか、と言ったところだろうか」

資料を映したタブレットから、杠葉が顔を上げた。今日も客の来ない店のカウンターを挟んで、遊馬は「そうですねえ」と返事をする。

「この異様な顔つきを見れば、どっちでも納得ですけど」

タブレットをスワイプし、インタビュー記事と共に掲載された樫本の顔写真を表示させた。直近の写真だそうだ。肌は浅黒く目の周りは窪んでいる。髪は白髪が多く混じり、四十一歳という年齢よりも十以上は老けて見えた。

「でも、失踪した人たちが本当に皆怪異に攫《さら》われたんだとしたら、今回、相当厄介なことになりそうですね」

遊馬は、つい先日の案件を思い出す。人形に宿った怪異により、女子中学生の精神が囚われてしまったことがあった。あの怪異はひとりの人間の精神のみを引き込む力しか持っていなかった。それでも遊馬たちは危険な目に遭ったのだ。

今回は、複数の人間を一度に、肉体ごと、自らの領域に引き込んでいる可能性がある。相当強力な怪異だ。

そして万が一にもその怪異が、樫本の言うとおり、神と呼ばれる存在であったとしたならば……手に負えないどころか、下手に動けばこちらの身も危うくなるだろう。命が危険に晒されるだけは済まない。自分が、どうなってしまうのかすらわからない。

「前田さんたちは早く探ってほしいだろうけれど、慎重に事を運ぶ必要がありそうだね」

杠葉がロッキングチェアの背に凭れかかる。

遊馬は、杠葉の用意してくれたコーヒーをひと口飲んだ。

「あの……杠葉さんは、今回の怪異が弟さんを連れ去った怪異と同じだと思っていますか？」

カップの中の揺れる液面を見ながら、遊馬はぽつりと口にする。

訊くことを躊躇っていたが、訊かずにはいられなかった。海の怪異。海の神。人間を連れ去ることのできるほどの力のある存在。どうしたって、杠葉の弟の件が頭を過《よぎ》ってしまう。杠葉が十六年間も探し続けていたものが、手の届く範囲に現れたかもしれないのだ。

「……わからない」

杠葉は、いくらか間を置いてから答えた。すっと遊馬に向けた表情は、存外あっさりとしていた。

「弟とは消えたときの状況がだいぶ違うし、同じ怪異だという確信はない」

「そう、ですよね」

「でも、可能性はゼロではないと思っている」

杠葉が言った。そのとき、カウンターの上の黒電話がりぃんと鳴った。

遊馬はコーヒーカップを置いて、ベルが三度鳴り終わる前に受話器を取る。

「お電話ありがとうございます。杠葉古物堂です」

声しか聞こえないのに営業スマイルを浮かべると、こちらの名乗りになかば被《かぶ》せるように、

『おう、おれだよ。おれおれ』

と乱暴な声が聞こえた。遊馬は思わず顔を顰《しか》める。

「えっと……詐欺でしたら間に合ってますけど」

『馬っ鹿野郎！　何が詐欺だ！　おれだよおれ、御剣だ！』

「あ、御剣さんか。昨日はどうも。樫本さんの資料もありがとうございました」

『はいどういたしまして……ったく、杠葉サンはそこにいるか？』

受話器の向こうで御剣が溜め息混じりに言う。

「はい、いますよ。代わりましょうか」

『いやいい。昨日言ってたあれ、他の失踪者の身内に話を聞きてえってやつ、見つけといたぜ』

遊馬はぱっと杠葉を見た。カウンターに頬杖を突いた杠葉は、小さく笑って「聞こえてる」と唇を動かす。

『明後日アポを取ってある。時間は十三時。そっちはどうせ暇だからスケジュール的には問題ねえだろ。先方の名前と住所を教えるからメモれよ』

遊馬は黒電話の横のメモ用紙とペンを取り、御剣の言ったことを書き記した。場所は千葉県北西部。松原《まつばら》こずえという名の女性の家で、夫が二ヶ月前から行方不明になっているという。

『おれはもうちょい樫本について探るから、そっちは頼むぜ』

言うだけ言って『じゃあな』とさっさと通話を切ろうとする御剣を、遊馬は慌てて呼び止める。

「あの、御剣さん」

『んだよ』

「その、今回の怪異、結構やばいかもしれないので、樫本を調べるにしても気をつけてくださいね。その人、怪異と直接繋がってるかもしれませんから」

それどころか、樫本本人が怪異本体ということも考えられる。

怪異に近づこうとすれば、それだけこちらのリスクが高くなる。そしてこちらは怪異から身を守る術《すべ》を持っていない。

『わぁってるよ。おれはガチでやべえことはちゃんと避けるから問題ねえって。何事も命あっての物種だからな。それより遊馬チャン、自分の心配しねえと駄目だぜ』

ぶっきらぼうに御剣は言う。

「おれのですか？」

『おたく、怪異の影響ってやつを受けやすいんだろ？　気ぃ抜くなよ』

じゃあな、ともう一度言って、御剣は今度こそ通話を切った。遊馬は受話器をゆっくり置く。黒電話がチンと小さく鳴る。

「御剣くんの言うとおりだね。遊馬くんも気をつけないと」

コーヒーを飲みながら杠葉がちらと遊馬を見た。

「はい。杠葉さんもですよ」

「うん、わかってる。この件については、いつも以上に気を引き締めてかからないとね」

画面の暗くなっていたタブレットを杠葉が点けた。御剣のくれた資料の中には、菊池の家で撮ったレリーフの写真も交ざっていた。

遊馬は、臭わないはずの潮の香りを嗅いだ気がして、思わず少し呼吸を止めた。

○

二日後。遊馬は杠葉と共に松原こずえの自宅を訪ねた。年季の入った屋敷が多い地区で、目的の家も大きな庭のある立派な日本家屋だった。

ふたりを出迎えたのは六十代ほどの女性だ。ふくよかで小綺麗な格好をしており、松原こずえ本人であると名乗った。

「御剣さんから紹介を受けて参りました、紅葉と申します」

まず玄関先で挨拶を交わした。遊馬も名前を告げ、ぺこりと頭を下げる。

「わざわざ来てくださりどうも……まあ、こんな男前な方と可愛らしい男の子が来てくださるなんて」

そう言いながら、こずえは杠葉が渡した名刺を遠ざけながら見ている。

「御剣さんという方はライターさんとおっしゃっていたけれど、あなた方は古物商の方なの？」

「古物店を営む傍ら、怪奇現象等に悩む方の相談にも乗っております」

「あら本当……怪異相談処……」

呟き、こずえは名刺から顔を上げた。

邸宅内に招かれる。外観と同じく、古いが手入れの行き届いている、趣《おもむき》ある広い家だ。

遊馬たちは一階の客間に通された。縁側の向こうに庭が見通せる、床の間のある和室だった。

　客間には、あらかじめ用意していたのだろうレリーフが置かれていた。菊池の所持していたレリーフと同じく、奇妙な生物が彫られている。この彫刻からも、やはり濃い潮の臭いが漂っていた。遊馬はあえて大きく息を吸い、身の内のものを放つように深くゆっくり吐き出した。

　しばらく杠葉とふたりで待ったあと、こずえが茶菓子を持ってやってきた。緑茶とカステラをそれぞれの前に並べ、こずえは卓を挟んだ向かいに腰を下ろす。

　家の中はとても静かで、物音ひとつ聞こえない。

「先ほどもお伝えしましたが、僕らは怪異に関する相談を承っております」

　緑茶をひと口飲んだところで、杠葉がそう切り出した。

「今日、ここへお邪魔したのは、我々が現在依頼を受け調べている内容と、あなたのご主人の失踪とが、関係しているかもしれないと考えているからです」

「ええ。御剣さんから聞いてます。うちの主人と同じように失踪した方が何人もいて、皆さん、その彫刻を買われてたって」

　こずえの目がレリーフに向く。

「はい。そのため、ご主人がいなくなったときの前後の様子を聞かせていただきたいのですが」

杠葉がそう言ったところで、遊馬は「あの」と遮った。こずえが不思議そうに遊馬を見る。

「先に、ひとつ訊いてもいいですか？」

「ええ、何かしら」

「御剣さんがオカルト情報専門のライターだってことは本人から聞いていると思います。それにおれたちも怪異相談をしている。自分でも言うのもなんですが、かなり胡散臭いと思うんです。それでも疑わず、時間を作ってお話を聞かせてくれるのは、どうしてかなって思って」

仮に御剣が素性を隠していたとしても、杠葉の名刺を見た時点で、こちらが単なる事件の調査として来ていないことを理解したはずだ。普通なら怪しんで追及するだろう。騙《だま》されたと思い出すことだって十分にあり得る。

しかしこずえはすんなり遊馬たちを受け入れた。となると、こずえ自身も夫の失踪に怪異の気配を感じているのだろうか。それとも。

「私は、怪奇現象だとかオカルトだとか、そういうのは信じてないの」

やや考える間を空けてからこずえは正直にそう答え、「でも」と続けた。

「警察の方や協力してくれる皆さんがどれだけ捜しても、主人の行方はわからないまま。もう、胡散臭くても詐欺でもなんでもいい。そんなものにすら縋りたいくらいなのよ」

こずえは、溜め息混じりに小さく笑った。

彼女の濃い化粧の下に隈が浮かんでいることや、上品なブラウスに皺が寄っていることに、遊馬は気づいた。床の間の隅には埃が溜まっているし、庭の雑草も伸びている。

自身のことも、身の回りも、一見整えているようでいて、その実心を配れてなどいないのだ。

――怪異とかまったく信じられないし、全然理解できてないんですけど……でも僕たちは、あいつの身に起きた真実が知りたいです。

前田たちも似たようなことを言っていたのを思い出す。

大切な人が突然理由もわからずいなくなる。それは、どんな気持ちなのだろうと、遊馬は思う。

「では、お話を聞かせてください。ご主人がいなくなったときのこと。どんな些細《ささい》なことでも構いません」

紅葉が言うと、こずえは唇を嚙みながら頷いた。

ぽつりぽつりと話し始める。

「主人は、失踪なんてする人じゃないの。定年退職したばかりで時間がたっぷりできたから、趣味だった旅行にたくさん行けるねって話をしていて。次はどこに行こうかなんて相談を、いなくなる前日にだってしていたくらいなのよ。トラブルもとくになかったし、もちろんお金にも困ってなかった」

遊馬は頷く。事前に御剣から得ていた情報では、こずえの夫は自らの意思による失踪ではないと警察に判断され、捜索がされている。

「いなくなる二週間くらい前からかしら、主人の様子が時々おかしくなったの。日中、ぼうっとどこかを眺めていたり、うわごとみたいに聞き取れない言葉を呟いていたり。そのうえ主人はその間のことを一切覚えていなかったのよ」

こずえは頰に手を当て、記憶を探るように視線を左上に向けた。

「明らかに普通じゃないんだけれど、そうしていない間の受け答えはまるきり正常なの。変わった言動もないし、物忘れなんかもなくて」

遊馬は紅葉と目を見合わせた。こずえの語る内容は、菊池の失踪直前の様子とよく似ていた。

「病院に行こうって言ったんだけど、主人自身は自覚がないから大丈夫だって言い張って。でもね、何日かして、夜中に夢遊病みたいに歩き始めて。私が声を掛けても目の焦点は合わないし、またうわごとを繰り返しているの。もう私怖くて、絶対に病院で検査してもらおうって」

だが結局、医者にかかる前に夫はいなくなったという。今から二ヶ月前の真夜中のことだ。

早朝に夫がいないことに気づいたこずえは、すぐに警察に相談した。数日間の夫の様子を聞いた警察は、夫が正常な精神状態ではなかったか、何らかの疾患があったかもしれないと考え、捜索を開始した。

「家を出たあとの主人の姿がご近所の防犯カメラに映っていたのを、警察の方が見つけたのよ。うちから五百メートルくらい行くと小さな川があるんだけれど、その川のほうに向かって歩いていたみたいで。その付近で聞き込みをしたら、川を渡る橋の真ん中で、じっと立ち竦んでいる主人を見かけた人がいたって」

調べると、橋の欄干に手足の跡が付いていた。警察は夫が川に落ちたと見て、その川を捜索した。しかし何も見つかることはなかった。

「その川は浅いし流れも緩やかで、仮に落ちても遠くまで流されるようなことはないのよ。でも夫の姿はもちろん、痕跡すらなかった。川には落ちていないのかもしれないって、警察は周辺の調査を進めてくれたけど、結局主人の手がかりはそこで終わってしまったの」

消え入りそうな声でそこまでを語り、こずえはかすかに震える指先で湯呑みを取った。

遊馬は少し目を伏せる。菊池と同じ現象や、レリーフの存在からして、こずえの夫は間違いなく怪異の影響を受け、消えている。しかし、それを今彼女に伝えることは、賢明ではないと理解していた。

「川、か……」

杠葉が呟いた。少しの沈黙のあとで、

「あの彫刻を買われたのはいつ頃でしょうか」

とレリーフを手で指し示す。

「ああ、えっと、主人がいなくなる三週間ほど前だったかしら。知人に勧められて作家の個展に行ったのよ。樫本真二郎って彫刻家の。そこで主人がひと目惚《めぼ》れして購入したの」

こずえは緑茶をいくらか飲んでから答えた。個展にはこずえも共に行っていたそうで、樫本のことは元々夫婦どちらも知らなかった。規模や客の数から、相当人気のアーティストであることは窺えたが、こずえは樫本の作品があまり気に入らなかったそうだ。どの作品も技術は見事だが、どこか気持ちの悪い印象を覚えたという。

「美術品への感性は、主人も私も似ていたの。だから、主人も同じ気持ちだろうって思ってた」

しかしこずえの思いに反し、夫はやけに樫本の作品を気に入り、あろうことかその中のひとつをその場で購入してしまったのだった。

「他の絵画を買いましょうって説得したんだけどね、いつもは私の意見も聞いてくれるのに、このときばかりは頑《かたく》なに買うと言い張って譲らなかったのよ。手に入れてからは、ずっと大事に自分の書斎に飾って、うっとりした顔で眺めていて」

こずえはレリーフを睨みながら表情を歪めた。夫の様子も含め、こずえはレリーフを気に入らなかった。夫がいなくなって以降は、目にしなくて済むよう布を被せていたという。

「オカルトなんて信じてないって言ったけどね、御剣さんから、この彫刻が主人の失踪の原因かもしれないって言われたとき、あり得るかもって思ったのよ。たぶんこれが主人を狂わせたの。だって主人がおかしくなったのは、これがうちに来てからなんだもの」

　こずえはそう言い、深い溜め息を吐き出した。

　しんと静かになった古い屋敷の中に、近くの道路を走る車のエンジン音が届いていた。

「あの彫刻、もう燃やしちゃってもいいかしら」

　こずえがぽつりと言う。

「いえ、何があるかわからないので、調査が済むまではそのままにしておいていただきたいです。僕らの調べている件で何かわかり次第お伝えしますから」

「……わかった。よろしくお願いね」

　その後、念のため夫の書斎を含む家の中を見させてもらい、こずえの夫が最後に目撃されたという川も見に行った。護岸工事のされた小規模の川で、こずえの言うとおり水嵩《みずかさ》は少なく、流れも非常に緩やかだった。落ちれば頭を打って亡くなる可能性も、少ない水で溺れる可能性も確かにあったが、直近に豪雨でも降っていない限りは、大人の体が遠くまで流されてしまうような水量ではない。ここで死んでいたなら死体が見つかるはずである。

　とくに不審な点も見当たらず、近所の住人に聞き込みをしてから、遊馬たちは松原邸を後にした。

ボレロに乗り東京へ帰る道すがら、遊馬は思い出したことを杠葉に話す。

「川と言えば、菊池さんの最寄り駅から自宅までの間にもありましたよ」

遊馬はスマートフォンの地図アプリを起動した。菊池が通勤に使っていたという最寄りの駅を検索し、その周囲を表示させる。

「昨日おれ休みだったでしょう。暇だったんで、菊池さんの通勤路を会社からなぞってみたんですよ。全然気になるところはなかったんですけど、さっきの話を聞いて、そういえば駅の近くに川があったなって」

車が停止したタイミングで杠葉に地図アプリを見せた。駅のそばに、道路と並行して続く川が表示されている。

住宅街の合間を走るそこも浅く緩やかな流れの川であった。岸の周囲は、場所によっては昼間であっても人通りが少ない。菊池が通っていたとしても、目撃者を探すのは難しそうだと遊馬は思っていた。

「その川、怪異の臭いはした？」

「いえ、しばらく川沿いを歩いてましたけど全然。松原さんちの近くの川も何も臭いませんでしたし」

「そう……川のことが気にはなったんだけど、無関係なのかな」

紅葉は左手でハンドルを握りながら、右の親指を唇に当てた。遊馬も考えてみたが、気になることはあってもそれらが結びつかず、何も思い浮かばないままだった。

事件の実態はまだ見えない。緩やかに闇が近づいているかのような、底知れない不安だけが徐々に積もっている。

○

松原こずえの元に話を聞きに行ってから数日後、遊馬は杠葉とふたり、都内某所で開催されている、大規模な美術品の展示販売会を訪れていた。現役の芸術家たちの作品が集まるこの会に、樫本真二郎も参加するという情報が御剣から入ったからだ。

早い時間に向かったが、会場となっているビルにはすでに多くの来場者の姿があった。

ビルの二階分のフロアを貸し切り、作家ごとに部屋を区切って展示しているらしい。来場者はフロア内を自由に見て回ることができるようだ。

　遊馬はフロアに入ってすぐ、樫本のギャラリーを探した。マップを確認するより先に、目的の場所は見つかった。どの作家の部屋もゆったりと見ることができる中、一ヶ所のみ通路まで列ができている場所があったのだ。樫本の展示会場であった。

「す、すごい人気ですね……」

「うん。並ぶしかなさそうだ」

　狭いギャラリー内には入場制限がかけられており、スタッフが列整理をして数人ずつを順に入室させていた。三十分ほど列に並んだところで、ようやく遊馬たちの順番が来た。

「お待たせしました。どうぞ」

　スタッフに案内され、樫本の作品が展示されているエリアに足を踏み入れる。

　その瞬間、遊馬は、自分の心臓がどっと鳴る音を聞いた。

　冷や汗が全身に流れ足が竦む。咄嗟に顔を俯かせ、自分の爪先だけを見る。

「遊馬くん?」

　杠葉に声を掛けられるが、遊馬は顔を上げることができない。瞬きをせず呼吸を忘れ、急激に乾いた喉に唾を押し込む。

「大丈夫? もしかして潮の臭いが強い?」

「……に、臭いも、あります。この部屋全部が海の臭いで満ちている。でも、それだけじゃなくて」

杠葉に導かれどうにか壁際に移動した。心臓は恐ろしい速度で打ち続けており、手のひらにはびっしょり汗を掻いていた。

そのくせ、指先は死人のように冷えている。自分のものではないみたいに、体の震えを止められない。

「見られている気がするんです。無数の目に。たくさんの目が、おれを……ここにいる人たちを見ている」

一歩、この空間に入ったそのときから、値踏みするかのような視線が一斉にこちらを向いた。もちろん、ここにいる人間の誰ひとり——杠葉以外、遊馬を見てなどいなかった。

けれど確かに見られている。目には見えない目に。どこからか、遠くから、観察、されている。

「……出よう、遊馬くん」

遊馬を支えながら杠葉が言った。遊馬は顔を伏せたまま、震える手で杠葉の腕を押し返す。

「い、いえ。大丈夫です。せっかく来たのに、何もしないまま帰れません」

「きみ、自分が今どんなひどい顔色をしているか知らないでしょう。すぐに出よう。どうせここに樫本はいない」

「……え？」

遊馬はゆっくりと顔を上げ、杠葉を見た。杠葉は冷たい視線を会場内に滑らせている。

「どこにもいない。初日だからいるかと思ったけど、今日は在廊日じゃないのか、それとも、そもそも樫本はここに現れる予定はないのか」

出よう、ともう一度言われ、遊馬は従った。「連れの気分が急に悪くなって」と杠葉がスタッフに告げる。疑いようのない顔色を遊馬がしていたからだろうか、不審に思われることなく出入口を通ることができた。

通路に出ると、周囲の空気がすべて入れ替わったかのように、妙な視線も潮の臭いもたちまち消えた。遊馬はほうっと深呼吸して、まだ鼓動の収まりきらない胸に手を当てる。

「……」

樫本の作品を目当てにした客の列は途切れることがなかった。外からギャラリーの様子を覗くと、複数のレリーフが壁に飾られているのが見えた。

来場者は皆、真剣にレリーフを鑑賞している。その中の一部は、どこか虚ろな目をしているようにも見える。

「遊馬くん」

スタッフに話しかけていた杠葉が戻ってきた。

「体調はどう？　どこかで座れる場所を探そうか」

「いえ、部屋の外に出たら治ったので、もう大丈夫です。それよりどうでした？」

「うん。やはり樫本はこの展示会には来ないみたいだ」

杠葉は樫本と会えるかどうかを確認していた。他の作家は開催期間中、全日、もしくは数日間ギャラリーに立つ予定だが、樫本だけは一日も会場に来ることはないとのことだった。

樫本に会いたがっているファンは多く、企画者側も一日だけでもいいからと要望したらしい。しかし樫本は頑《がん》として断った。私は彫刻を彫れない場所には行かない、と。

作品の販売自体には積極的で、欲しいと言う方にはどんどん売ってくださいと頼まれたそうだが。

「スタッフさん、結構しっかり話してくれたんですね」

「僕、話を聞くの得意だから」

「入り口のスタッフさん女性でしたしね」

見目がよく物腰柔らかい杠葉に訊ねられれば、老若男女問わず大抵の人間は口が軽くなるものだ。

果たして、樫本真二郎もその手に乗ってくれるかどうかはわからないけれど。

「樫本に会えるつもりで来たんですけど、無駄足でしたね」

「遊馬くんの感じた視線がひとつの収穫ではあるよ。それに、樫本が自身のアトリエに籠り続けていることもわかった」

ただ、アトリエの場所まではさすがにスタッフからは得られなかった。遊馬たちは一旦ビルの外に出て、御剣のスマートフォンに電話を掛けた。

『はいよぉ、どちらさん？』

長めのコールのあとで、寝起きのような声が聞こえてくる。

「御剣さん、こんにちは。遊馬です」

『おお、遊馬チャン、どうしたあ？』

「杠葉さんと一緒に樫本の作品が販売されてる展示会に来たんですけど」

『おっ、そういや今日からか！』

眠たげだった御剣の声が急に元気になる。

『樫本の野郎どうだった？　臭ったか？』

「いえ、会えていません。樫本は一度も会場に来る予定はないみたいで」

『はあ？　いねえのかよ！　なんだよ、クソチキン野郎じゃねえか！』

「はい。なので、もう樫本の家に直接行ってみようと思うんです」

遊馬が言うと、御剣は一瞬黙り、ふはっと悪い笑い声を上げた。

『いいねいいね！　つうか、ハナからそうするべきだったんだよな』

「御剣さん、樫本のアトリエの場所知ってますか？」

『ったりめえだろ、すぐに住所を送ってやる』

「ありがとうございます、助かります」

『おれも行きてえところだが、今関東にいねえんだわ。悪いが杠葉サンと遊馬チャンとで調べてきてくれ』

通話を切ると、すぐに御剣からメッセージが届いた。樫本の住居兼作業場の住所は、多摩西部の山間部。山奥の広い土地にひとりでひっそりと暮らしているという。

翌日、早速教えられた住所へ向かった。事前に地図アプリで確認はしていたが、実際に行ってみると本当に人が住んでいるのかと疑うような山深い場所にまで入らねばならず、車が通れる道が整備されているのを幸運だと思うほどであった。

市街地を抜けてから随分車を走らせ、うねった山道を抜けたところでやっと樫本の家に辿り着く。

山の中腹。開けた土地に小振りの木造の家と、変色したトタンの外壁の小屋が並んで建っていた。外には軽トラックとバンが一台ずつ適当に駐まっている。

杠葉は軽トラの隣にボレロを停車させた。敷地内には、彫刻の材料だろうか、丸太などの木材が大量に置かれていた。

車から降りた杠葉は、木造の家ではなくトタン小屋のほうへと足を進めた。遊馬も一緒についていく。

小屋は、入り口が開け放たれていた。中を覗くと、こちらにも木材が無造作に転がっており、また、これから売られるのだろう完成した作品も地べたに雑に並んでいた。どれも波や泡の表現と共に不気味な生物が彫られている。

海などないはずなのに、潮の臭いが漂っている。

カン、カン、カァン。

いかにも作業場じみた建物内で、ひとりの男が一心不乱に木の板を彫っていた。

ノミを打つ耳心地いい音が作業場内に響いている。

「すみません」

男はこちらに背を向け、顔を上げる気配を見せず、作業台の上の板と向き合っていた。中肉中背、髪には白髪が多く混じっている。

「すみません」

杠葉がもう一度声をかけた。男は振り返らず、ノミを打つ手を止めない。

「樫本真二郎さんでしょうか。突然伺ってしまい申し訳ございません。私は杠葉と申します。あなたにお聞きしたいことがあって参りました」

淡々と用件を述べる。やはり男の反応はない。聴覚に異常がない限りこちらの声は聞こえているはずだが、何も届いていないかのように、ひたすら木を削っている。

カン、カン、カァン。

遊馬はちらと杠葉を見た。杠葉はひどく冷めた表情で、男の――樫本の背中を見ていた。

「我々は怪異相談を承っている者です。ある相談者からの依頼を受け調べている内容について、あなたにお聞きしたいことがある」

杠葉がそう告げると、初めて樫本が反応した。振り向かないままだが、両手の動きが止まった。

ノミの音が響いていた作業場に、しんと静寂が走る。

杠葉が続ける。

「依頼者のご友人が一ヶ月ほど前に行方を晦《くら》ませました。その人があなたの制作したレリーフを持っていたのです。他にも、あなたの作品を購入した人が直後に失踪している。我々はこの失踪とあなたとが関係していると考えています」

山のほうからトンビの鳴き声が響いてきた。

遊馬が三度瞬きをしたあとで、手を止めたままの樫本が、ゆっくりとこちらを振り返る。

「なんのことだかわかりません」

しゃがれた声で樫本は答えた。

ぎょろりと丸い目元は落ち窪み、肌は浅黒く皺が目立つ。写真で見たよりも一層老け込んで見えた。いや、老けているというよりも……死人のように見える。

「失踪の件でしたら承知しています。以前警察の方が来られましたから。でも私は無関係ですよ。警察もそう結論付けられたと聞いています」

樫本は機械のように抑揚なく言う。妖しい光を湛えた目玉がぼんやりと遊馬たちを見つめている。

「本当にあなたは無関係ですか？　何も知りませんか？」

「はい。大体、私に何ができると言うのでしょう。大人を何人も連れ去るなんて」

「あなたができなくても、あなたが神と呼ぶ存在ならばできるのでは？」

樫本の眉がぴくりと動いた。わずかに浮かんでいた笑みがすっと消える。

「海に関係する怪異を、あなたは知っているはずです」

杠葉は語気を強めて言った。視線がぶつかり合ったまま沈黙が流れた。

ひと呼吸、ふた呼吸……のっぺりと肌に纏わりつく重い空気が漂う中、樫本が、黄色い歯を見せてにいっと笑う。

「さあ。知りません」

それだけを答え樫本は作業台へと向き直った。ノミを打つ音が響き始める。もう何を問いかけても、彼が振り向かないことはわかっていた。

カン、カン、カァン。

仕方なく、遊馬たちは樫本の家を後にした。滞在時間は少なく、加えて遊馬は発言すらしていなかったのに、ボレロに乗り込み出発すると、全身に妙な気怠《けだる》さを感じた。

「遊馬くん、樫本はどうだった？」

　山を下り、ぽつぽつと民家が増えてきたところで杠葉に問われる。

「……人間ではあったと思います。怪異が樫本に成り代わっているっていうことはたぶんないです」

「そう。随分異様な感じではあったけどね」

「はい、件の怪異と繋がっていることは間違いないです。だって樫本本人から、今までで一番濃い潮の臭いがしていましたから」

　レリーフから感じていたものよりも遥《はる》かに生臭い怪異、、の臭いがしていた。人の立ち入ることのできない、深く暗い海の底の臭いだ。

「なるほどね。あの反応からして、樫本が怪異を認識していることも間違いないだろう」

　杠葉が言う。

「恐らく、樫本の作るレリーフが怪異と人間とを繋げる媒介となり、共鳴した人間を怪異の領域に引き入れているのだろうけれど……樫本はどうして怪異のためのレリーフを作るようになったんだろう」

「さあ。怪異に魅入られるきっかけがあったんでしょうかね」

「何にせよ、あの様子じゃ樫本から情報を得るのは難しそうだ。ちょっと手詰まり気味だな。御剣くんから新しい知らせが届くのに期待するしかない」

「ですね」

ボレロはがらくた堂へと帰り着き、その日はそのまま店を開けることなく、遊馬はロードバイクで自分のアパートへと帰宅した。


その夜。遊馬は奇妙な夢を見た。

水の中にいる夢だ。周囲は真っ暗闇で光が届かず、水中ということだけしかわからない。ごぽ、ごぽ、と耳元で音がする。水圧に押され、手足を思うように動かせない。

水中だが、息は苦しくなかった。臭いがする。樫本が纏っていた、濃く深い潮の臭いだ。

遊馬は水中を手で掻いてみた。しかし闇の中のため、自分が進んでいるのかいないのか、沈んでいるのか、浮いているのかも、何もわからない。

ふと、生物の気配がした。

何も見えない、が、すぐ近くに何かがいる。

ごうっと水がうねった。巨大な何かが遊馬のすぐ目の前を泳いでいた。

——キシキシ。

静かな海の底に、金属を擦り合わせたような音が響く。

——キシキシ。

ただの音だ。ただの音のはずだが、遊馬の耳にはその音が、言葉のように聞こえていた。

【極上の肉だ】

そう言ったように、聞こえていた。

○

翌日、遊馬ががらくた堂に出勤すると、直前に前田から連絡があったことを杠葉から聞かされた。

北陸の海岸に、菊池の物と見られる財布の入った上着が流れ着いたと知らせがあったそうだ。それにより、菊池は日本海で入水自殺したのだと判断された。前田はひどく落ち込んだ様子の声音で、けれど杠葉たちに礼を伝えたのだった。

「そう、ですか……」

話を聞き、胸の中に空白ができたかのような虚《むな》しさを感じた。菊池は会ったこともない人物であるし、生きている可能性もかなり低いと理解していた。それでも少なからずかかわりを持ってしまったのだ、無感情ではいられない。前田と佐野のことを思えば余計に。

「……それで、どうします？　もうこの依頼は終わりにしますか？」

前田はそのつもりで連絡してきたのだろうが、紅葉は首を横に振る。

「前田さんたちは、菊池さんの身に起きた真実が知りたいと言っていた。僕らはまだ真実を解き明かしていない」

そうでしょう、と紅葉は言った。遊馬ははっとして強く頷く。

「はい。おれも知りたいです。こんな中途半端で終われるわけない。松原さんにも教えるって言ってありますし」

「そうだね。でもこの件は思っていたよりもっと底知れなくて危険だ」

「もちろんです。気を引き締めましょう」

「うん。とくにきみは僕以上にね」

ダイニングのテーブルに頬杖を突いて、紅葉は上目で遊馬を見る。

「深入りしすぎて怪異の影響を強く受けてしまったらいけないから。いいかい、何かあったらすぐに言うんだよ」

「はい、了解です。あっ」

返事をしたところで、遊馬は昨夜見た夢のことを思い出した。誤魔化そうかとも思ったが、誤魔化しきれない視線が遊馬のほうを向いていた。

「あ、って何？」

「いや……あの、夢を見まして」

「夢？」

遊馬は夢の内容を杠葉に話した。すると杠葉は、あからさまに眉を寄せた。

「どう考えても今追っている怪異の夢じゃないか」

「で、ですよね。怪異の姿までは見えなかったんですけど」

「樫本に会ったのがいけなかったかな。思った以上に怪異に近づいてしまっていたらしい」

「でも杠葉さん、おれ、この件から手を引かないですからね！　まだできることはありますから！」

怪異の夢を見ることはこれまでもあった。夢を見ても大きな問題にはならないことが多い。ただ、今回は相手にしている怪異のレベルが違う。紅葉なら、これ以上怪異の影響を受けないようにと遊馬を調査から外すことも考えられる。

でも遊馬は嫌だった。紅葉が調べ続ける限りは遊馬も最後までついていくつもりだ。がらくた堂で働き始めるまでは、この体質のせいで嫌な思いをたくさんしたし、多くの人に迷惑をかけた。

けれど今は違う。この人と違う体質が、誰かの役に立つ。

「……絶対に、何かあったら僕に言うって約束できる？」

紅葉が目を細める。遊馬は肩に力を入れた。

「はい。約束します」

「僕が本当にまずいと思ったら言うこと聞いて身を引く？」

「は、はい」

「約束？」

「します！」

遊馬が叫ぶと、紅葉は見定めるように押し黙ったあと、長い溜め息を吐いた。

「わかったよ。できるところまで一緒に頑張ろう。遊馬くんの体質は、怪異を調べるうえでとても重宝するしね」

杠葉は言い、小さく笑う。

遊馬はもう一度「はい」と大きな返事をした。自分が役に立てる場所があることを、素直に嬉しいと思えていた。

遊馬はその日以降も毎日怪異の夢を見続けた。

初めは真っ暗闇で何もわからなかった水の中が、日ごと目に見えるようになっていく。

遊馬がいるのは海の底だった。光は一筋も当たらないのに、白い砂と、何かの骨がたくさん沈んでいるのが目に映る。

夢を見始めて五日。遊馬は初めてそれの姿を見た。

手足はなく、長い体に背びれのようなものだけが付いていた。黄褐色の肌に複雑な模様が入っている。蛇のようにも、鰻のようにも見える、巨大な水中生物の化け物だった。

海底を自由に泳ぐ体は柔らかくうねり、大きく裂けた口からは赤黒い無数の牙が覗いている。本能的な恐怖が、心底から沸き上がる。

しかし遊馬は海の底——化け物の巣の中で身動きが取れない。

やがて化け物の目が遊馬を見た。丸く、海の底の色をした不気味な目玉が、夢の中、はっきりと脳裏に焼き付いた。


「遊馬くん」

呼ばれてはっとする。

振り向くと、杠葉が心配そうに遊馬を覗き込んでいる。遊馬はがらくた堂の店の中にいた。手には布巾を持っている。棚の掃除中だったことを思い出す。

「はい、どうしました？」

「どうしましたじゃないよ。きみ、ぼうっとしていたの気づいてないの？」

「え、あ、そうなんですか？」

言われてみれば、何か考えごとをしていたような気もするが、思い出せない。直前まで普通に何事もなく作業をしていたようにも思う。

「なんだろう、昨日夜更かしし過ぎたからかな。布団の中で猫の動画見ちゃって」

「いや……ねえ遊馬くん、それ、失踪した人たちと同じ……」

杠葉がそう言いかけた。そのとき、

「よお！　とっておきのやつ持ってきたぜ！」

と大声が店に響き、テンションの高い御剣が飛び込んできた。

「御剣さん」

「おいおい、なんだ、せっかくおれが有力な情報掴んできてやったってのに、んなしけた面しててんじゃねえよ。ほら遊馬チャン椅子持ってこい。杠葉サンはコーヒーな。おれはな、おたくらのために家にも帰らず出版社にも行かず、真っ先にここに来てやったんだぜ」

感謝しろよ、と御剣は言葉と態度に表した。

杠葉は大きな溜め息を吐き出しながら、奥のダイニングルームへと向かう。遊馬も急いでスツールを持ってきてカウンターの前に並べた。

間もなく杠葉が三杯のコーヒーを持って戻ってくる。湯気の立つホットだったが、御剣は半分ほどを一気に飲んでしまう。

「で、とってきのやつとは?」

ロッキングチェアに肘を突き、杠葉が言った。

御剣はカップを置いてにやりと笑う。

「おれは関東にいねえんだって話をこないだしたろ? おれはな、今朝まで福井にいたんだよ。菊池サンの遺留品が流れ着いたって言うから、なんかわかるんじゃゃねえかって思ってすぐに現地に向かったのさ」

遊馬たちは前田から、遺留品は「北陸の海岸に流れ着いた」と聞いていた。御剣はそれよりも早く、より正確に情報を手に入れていたようだ。

菊池の持ち物は福井県のとある海岸で発見された。御剣はその付近で数日間聞き込みをしていたそうだ。過疎化の進んだ海沿いの小さな町だった。寂れてはいるが、その分静かで過ごしやすい場所でもあったという。

「田舎の狭い町だし余所者がいれば目立ちそうだが、不思議なことに菊池サンの目撃情報はひとつもなくてな。他の失踪者の写真も見せたが、やっぱりひとりも誰にも見られていなかった。けどな、失踪者じゃねえある人物が、その町で目撃されていたんだ」

誰かわかるか、と御剣が問う。遊馬は首を傾げた。答えずにいると、御剣はぐっと身を乗り出し、内緒話でもするような小さな声で言った。

「樫本真二郎だ」

御剣の目が遊馬と杠葉とを順に見る。驚く様子に満足したのか、はっと鼻で笑い姿勢を戻す。

「樫本がその町で目撃されたのは、作風が変わり作品が注目されるよりも少し前のことだ。目撃した地元民曰く、今にも死にそうな顔をしていたから自殺でもしに来たもんと思ったらしい。一応声をかけたそうだが空返事ばかりで、こりゃもう駄目だと思ったんだと。そしたらしばらくして、雑誌なんかで顔を見かけるようになったって」

　樫本の記事を見たときは驚いたそうだ。あの中年男、生きていたのかと。それほど当時の樫本は絶望に満ちた様子だった。

「なるほどね。菊池さんの遺留品が見つかった場所に、樫本が現れていた、か」

　紅葉が右手の親指を唇に当てる。

「菊池さんが単に自殺したわけではなく、怪異の領域に引き込まれ喰《く》われたのだとしたら、その付近が怪異の巣かもしれないね。樫本は、意図的か偶然か、なんらかの拍子で怪異に近づいてしまい、目を付けられたと考えていいだろう」

「ああ、おれもそう思ってな。次はその土地を調べてみたんだ。そしたら面白ぇもんを知ったんだけどよ」

　御剣がボディバッグから愛用の手帳を取り出した。素早くページを捲り、角を折っていたところを開く。

「その町はな、古くからとある神を信仰していた。海の神様で、地元の人間は神のことを〈無鱗《むりん》さま〉と呼んでいた」

　無鱗さま、と遊馬は心の中で繰り返した。

　なぜか、夢の中で見た化け物が頭に浮かんだ。

「町の海岸から見える場所に、神埜島《こうのしま》という小さな無人島がある。本土側は上陸しやすい地形で、裏側は断崖絶壁の島だ。その土地の人々は、かつて数十年に一度の間隔で神埜島に複数の生贄を捧げていた。無鱗さまへの供物だ。神埜島は無鱗さまの土地であり、神域であると考えていた。そして一度生贄《いけにえ》を捧げれば、無鱗さまの加護により数十年災いが起きることはないと信じられていた」

　手帳にびっしりと書かれたメモを見ながら御剣は語っていく。この伝承は町立図書館の蔵書にも記されているし、地元民は大抵知っていたことだという。

「もちろん生贄なんてのは大昔の話だぜ。現代の住人はそんなこと考えもしねえまともな普通の奴らばかりだ。ただ、無鱗さまの信仰が消えたわけじゃねえんだな。今も神埜島に建つ祠は、地元民に管理されているそうだ」

　御剣が手帳のページを捲る。こっそりと覗き見てみたが、字が汚く何が書いてあるのかさっぱりわからない。

「生贄、か。つまり失踪者は現代の生贄ということか」

紅葉が言う。遊馬は顔を顰め、御剣は口角を上げた。

「そういうことになるな。昔はその土地の人間が餌を用意してくれたが、今は誰も寄越さなくなった。だから自分で人間を狩るしかない。そのため、樫本を利用して人間を集め、喰っているってことだろうよ」

つまり菊池も、こずえの夫も、生贄にされた。かつての風習に則《のっと》り怪異に捧げられたのだ。樫本真二郎の手によって。

「島には、中央に無鱗さまを祀る小さな祠が建っているほか、いたるところに花梨の木が植えられているらしい」

「花梨《かりん》？」と、話を続ける御剣に、紅葉が訊き返した。

「そうだ。なんでも、昔からそれを大事にしなきゃいけないと教えられていたんだと。花梨を絶やしてはいけないと。住人曰く、木に実が生《な》っていなくても、不思議と島は常に花梨の匂いに満ちているそうだ」

ふうん、と紅葉は呟き、視線を伏せた。何か考えている様子の紅葉を尻目に、御剣はスマートフォンを取り出し操作する。

「本土の神社に無鱗さまの絵があった。おれぁそれを見て驚いたぜ」

ほら、と御剣が遊馬に画面を見せた。一枚の写真が表示されていた。

黄ばんだ和紙に墨で奇妙な生物の絵が描かれている。蛇にも鰻にも見えるそれは、樫本の作るレリーフに彫られている生物とそっくりであった。

そして、遊馬の夢に出てくる、あの化け物にも。

「ウツボ」

杠葉が呟いた。遊馬が振り向くと、杠葉は顔を上げた。

「レリーフや絵に記された形状と、無鱗さまという名前からして、ウツボ型の怪異で間違いなさそうだ」

遊馬ははっとする。言われてみると、夢の中の巨大な化け物は、図鑑などで見たことのある海の生き物――ウツボとそっくりであった。

細長い体、裂けた口、鋭い歯。背側だけに尾まで続く鰭《ひれ》。独特の皮膚の模様。

「ウツボって確か、海のギャングって言われてるやつですよね。天敵もいないって何かで読んだ気がしますけど……」

「普通の生き物のウツボはね。まあ、このウツボ型怪異はなおさら敵なんていないかもしれないけど」

あっさりと杠葉は言う。遊馬は顔を引きつらせる。

ふたりの会話を、御剣はにやにやしながら聞いている。

「なあ、行ってみたいと思わねえか？」

御剣がとんとカウンターを指で叩いた。杠葉の視線が御剣へ移る。

「神埜島とやらに？　行くことはできるの？」

「いや。少なくともおれは無理だった」

なぜか堂々と御剣は言う。

「一応神域だからな、禁足地ってわけじゃねえみてえだが、簡単に入ることはできねえようだ。船で送ってくれと散々ごねてみたが駄目だった」

「そう。残念だ、調べてみたいけどね」

「でも杠葉サンならいけるかも」

御剣の言葉に、杠葉はしばらく冷めた視線を送っていたが、一度瞬きをしてからゆっくりと斜め上を見始めた。杠葉自身も「確かにこの胡散臭いのは無理でも自分ならいけるかも」などと思っているのかもしれない。

「うん。どうせ手詰まりだったんだ、僕も行ってみようか。何かわかるかもしれないし」

「そうこなくっちゃな！　おれも行くぜ。早速明日向かおう」

「きみ今日帰ってきたばかりなのに？」

「こっちにいたって記事纏《まと》めるくらいしかやることねえんだ。文章書くのなんざどこでだってできるからな」

御剣は手帳をぱんと閉じてボディバッグに詰め込む。

「遊馬チャンも今日は早めに帰してもらえよ。泊りがけになるかもしれねえからな、家で旅行の準備しとくんだぜ」

「はい、了解です」

「いや、遊馬くんはお留守番だよ」

さらっと発せられた言葉に、遊馬は御剣と揃って「えっ」と声を上げた。

「え、おれ、お留守番ですか」

「なんでだよ、遊馬チャンいたほうが便利だぜ」

詰め寄る御剣に構わず、杠葉はじっと遊馬を見つめる。

「今のきみは自分が思っている以上に怪異に侵食されている。この状態で怪異の巣があるだろう場所に行くのは危険だ。約束したよね、僕がまずいと思ったら身を引くって」

「は、はい……」

杠葉の言うとおり、遊馬は今回の原因となっている怪異の影響をすでに色濃く受けていた。毎晩見る夢も、そして、自覚していない間に精神が怪異に囚われかけているることも、その証拠であった。

杠葉の言うことに間違いない。だが、怪異に近づきつつある今、簡単に聞き分けることもできない。

「福井へは僕と御剣くんとで行く。何かあれば逐一遊馬くんにも報告するから。わかったね？」

「わか、ります。でも、一緒に頑張ろうとも言ったのに……」

「うん。だからきみには、こっちに残って調べものをしてもらおうと思ってる」

「……調べもの？」

今にも泣きそうな遊馬に、杠葉が笑いかける。

「撫子さんのところに行って、海の怪異について訊いてきてほしいんだ。無鱗さまの伝承と、それ以外に、ウツボと花梨に関連する海の怪異はいないかと」

よろしく頼むよと言われ、遊馬は頷くしかなかった。本心では杠葉と共に行きたいが、離れた場所からサポートするのも大事な仕事だと思うことにした。

「そうだ遊馬くん。いつ何があってもいいように、スマートフォンは必ず肌身離さず持っておくように」

　紅葉が言う。

「スマホ、ですか？　はあ、わかりました。何かあったらすぐ連絡します」

「連絡することがないときも持ち歩くんだよ、いいね」

　言われなくとも大抵は持ち歩いているけれど。内心首を傾げながらも、遊馬はこくりと頷いた。

○

　翌日、紅葉は御剣と共に福井へ向かった。

　遊馬はがらくた堂へは出勤せず、自宅から撫子の大学へと直行する。紅葉から連絡を受けていたようで、撫子は研究室で遊馬を出迎えてくれた。

「いらっしゃい遊馬くん。紅茶淹れてあげるねえ」

　撫子は変わらず妖艶で、今日も体の線がわかりやすいブラウスとタイトなスカートをはいていた。この格好で毎日教壇に立っているというのだから驚きだ。学生たちはまともに講義を受けられているのだろうか。

　相も変わらず撫子の姿にどぎまぎしつつ、遊馬は促されるままソファに座った。

紅茶と菓子の用意を終えた撫子が、向かいのソファに腰掛ける。

「はいどうぞぉ。美味しいカヌレだよ。いっぱい食べてね」

「あ、ありがとうございます」

「ふふ。それにしても遊馬くん、伊織ちゃんに置いて行かれちゃったんだって？」

「そうなんです……まあ今回は仕方ないと思っていますけど」

しょぼくれる遊馬に、撫子は鈴の音のような軽やかな笑い声を返した。

撫子がティーカップを手に取る。遊馬はカヌレを摑み、ひと口齧る。

「それで？　わたしに訊きたいことがあるって聞いてるけど？」

紅茶をひと口飲み撫子が言った。

「あ、そうなんです。えっと、おれたちが調べてた件に関係している怪異の正体がわかりそうでして」

「うんうん、聞かせて？」

「樫本真二郎という彫刻家が話の中心にいるのですが」

遊馬は口の中のカヌレをごくりと飲み込んでから、撫子にこれまでの経緯と現在わかっている情報のすべてを話した。撫子は大きな目をきらきらと輝かせ、相槌を打ち遊馬の話を聞いている。

連続失踪事件。奇妙な生物の描かれたレリーフ。神埜島と無鱗さま。失踪者の遺留品と、樫本の目撃証言。

詳細を調べるために、杠葉は御剣と共に、怪異の巣があるかもしれない福井県へ向かったこと。

「神埜島に行けたら行きたいとのことで、そこらへんは杠葉さんの実力というか、魅力次第なんですけど」

そこまで話し終え、一旦区切った。

撫子は「なんてこと」と呟き、艶のある長い溜め息を吐き出した。

「伊織ちゃん……どうしてわたしも誘ってくれなかったのぉ！　ひどいよぉ！」

「い、言うと思いました」

「言うよぉ。だって絶対に素敵でしょう？」

随分恐ろしい内容を話したと思っていたが、撫子はまるで恋の話でもしているかのように頰を紅潮させている。

「無鱗さまかぁ。うん、そんな信仰の話を聞いたことはあったけれど、まだちゃんと調べたことはなかったんだよねえ。興味あるなあ。わたしも会いたいなあ」

撫子が怪異と触れ合いたがるのはいつものことだから、会いたいと言うまでは遊馬もとくに気にすることはなかった。しかしぽつりと「そういえばウツボを食べる地域もあるよね」と呟いたときにはさすがに「ひえっ」と声を上げた。撫子なら本当に怪異も食べてしまいそうだ。ひとつになれて嬉しいと、若い乙女のように顔を赤らめる姿が容易に想像できる。

「あ、の、それで、無鱗さまの信仰のこととか、他にもウツボ型の怪異について何か詳しいことをご存じないかと思いまして」

遊馬は慌てて話題を振った。撫子は自分の世界からはっと意識をこちらに戻してくれる。

「ウツボ型の怪異ねぇ。もちろんいいけれど、海の怪異は多いから、わたしもちょっと資料を読み直したいの。少しだけ時間を貰ってもいい？」

「あ、はい。大丈夫です」

「うぅん、それにしても、ウツボ、ウツボねぇ……」

撫子は顎に手を当てながら唇を突き出す。

「ウツボに何かあるんですか？」

「ううん、そうじゃなくて、島に花梨が生えてるって言ったでしょ。花梨に関連している海の怪異がいた気がするんだけど、でもそれ、ウツボなんかじゃなかったはずなんだよねえ」

撫子は立ち上がると、部屋中に積み上がっている本を探り始めた。一冊手に取ってはばららとページを捲り、また別の本を取っては開く。

遊馬は手持無沙汰になり、なんとなくスマートフォンを取り出した。杠葉に言われたとおり肌身離さず持っているものだ。

画面を操作し、ウツボを検索する。化け物ではない、普通の海の生き物であるウツボの説明がずらりと検索画面に並ぶ。

「へえ。ウツボって、温暖な地域に棲んでるんだ」

開いたサイトを読みながら、遊馬はほとんどひとりごとのつもりで呟いた。日本近海でのウツボの生息域は東シナ海などの暖かい海。日本海では島根県以南で見られるという。

反応した撫子が視線をこちらに向ける。

「そういえば、お魚のウツボって北陸のほうは生息域じゃなかったよね」

「……でも無鱗さまは、北陸の日本海が棲み処ですよね」

「まあお魚じゃなくて怪異だし、気候も水温も関係ないかもしれないけど。もしかすると無鱗さまには、そこに棲む理由があるのかもしれないね。その土地を気に入ったか、もしくは……」

と言いかけて、撫子は急に真面目な顔つきになった。本から目を外しじっと考え込んでいる。

「……撫子さん？」

「あ、ごめんね。ちょっと思い出したことがあるから詳しく調べてみてもいい？」

「はい。ありがとうございます」

撫子は本棚に並んでいる物や、床に積まれている物などをいくつか手早く抜き取り、窓を背にしたデスクの上にどさりと置いた。椅子に座り、上の本から順に目を通していく。

「でも、遊馬くんたちが調べていることにかかわっている海の怪異、壱路ちゃんを連れて行った子じゃないみたいだねえ」

紙を捲り、本に目を落としながら撫子は言う。

壱路とは杠葉の双子の弟だ。十六年前に神隠しに遭い、以来杠葉が捜し続けている人物。今回の件も、海の怪異がかかわっているかもしれないとわかった時点で、杠葉は『弟に関係している怪異』の可能性を疑っていた。杠葉の弟は、海神と呼ばれる怪異に連れて行かれたからだ。

「なんで違うってわかるんです？」

「だって、ウツボには鱗がないでしょ？　まあ正確にはちっちゃ～いのがあるらしいけど。でも壱路ちゃんは、祷一郎ちゃんが持っていた海神の鱗を通して怪異に魅入られた。だから今回の怪異とは関係がないと思うの」

なるほど、と遊馬は思う。確かに杠葉は、弟は鱗と海水の入った小瓶を持っていたと言っていた。

しかしウツボの怪異には鱗がない。

だから、無鱗。

「壱路ちゃんの行方は、なかなかわからないね」

撫子が呟いた。遊馬は何も答えなかった。

自分の母と同じように、神に愛されてしまい、神の妻となった杠葉の弟。

神隠しに遭った人間は、神のもとでどう過ごしているのだろうか。神のいるところは、どんな場所なのだろうか。自身の体にも神の血が宿っているはずなのに、遊馬には想像すらできなかった。

二時間ほど撫子の研究室にいたが、撫子の大学教授としての仕事の時間が来てしまい、遊馬は研究室を出ることにした。撫子はいてもいいと言ってくれたが、遊馬には資料を紐解く学がないし、部屋に籠っていても暇を持て余すだけだ。

とはいえ、研究室を出たところで何をしたらいいかもわからなかった。スマートフォンを見たが杠葉から連絡はない。もう現地には着いているのだろうか。

メッセージを送ろうとして、やめた。遊馬はロードバイクに跨がり、最寄りの駅まで向かった。

もう一度、樫本に会いに行ってみようと思った。

樫本は無意識に怪異に操られているわけではない。自分の意思で怪異の意思に従い、レリーフを作っていたのだ。それが原因で多くの人が消えたことに樫本は気づいていたはずだ。知ってからも作り続けた。今もまだ、作り続けている。

以前会ったときは何も語らなかったが……樫本の身に何があったのか、何を考えているのか、なぜこんなことをしているのか。知りたい。そしてできることなら、これ以上被害者が出ることのないよう彼を止めたい。

杠葉がいない今、自分にできることはあるか考え、遊馬はそう思い至った。まだ得られる情報もやるべきこともあるはずだ。杠葉の役に立てるよう、自分にできることはなんでもしなければ。

遊馬は電車とタクシーを乗り継いで樫本の家に行った。

樫本は今日も作業場にいた。以前と変わらず入り口に背を向け、壊れたからくり人形のように木を削り続けている。

「樫本さん、遊馬です。以前お邪魔しました。憶《おぼ》えていますか」

作業場の入り口から声をかけた。樫本は振り返らず、声も上げない。

カン、カン、カァン。

「もう全部わかっているんです。あなた、無鱗さまというウツボの怪異と繋がっていますよね。失踪者を無鱗さまに喰わせているんでしょう」

「……」

「どうしてそんなことが平気でできるんですか。もうやめましょうよ。すでにたくさんの人が犠牲になっています。もうこれ以上、人を死なせちゃいけない」

遊馬は語りかけた。それでも樫本は何ひとつ答えない。

カン、カン、カァン。

厚い木の板にノミを打ち付け、無鱗さまの姿を彫り出している。

「なんで……」

遊馬の脳裏には前田や佐野、こずえの顔が浮かんでいた。怪異によって大切な人を失った人たち。そして、自らの思いとは無関係に命を奪われた、会ったこともない人たち。

怪異により人生を狂わされた人の気持ちならよくわかる。遊馬自身も幼い頃から怪異のせいで辛い思いをいくつもしてきたから。だから、なおさら悲しかった。そして許せなかった。本来なら怪異になどかかわらずに生きていけただろう人たちの行く道を、この男が狂わせたのだ。

「……いい加減にしろよ。あんた、自分が何してんのかわかってんのかよ！」

堪らず遊馬は作業場に踏み込み、背を向ける樫本の肩を摑んだ。無理やりに振り向かせ目を合わせる。

その瞬間、遊馬はぎょっとして、反射的に後ずさった。

積んであった木材にぶつかる。丸太の束が音を立てて崩れ落ちた。それでも遊馬の意識は目の前の人間から離れなかった。

「な、樫本さん、それ、なんですか」

樫本はじっと遊馬を見つめ、こくりと首を傾げる。

「それ、とは、なんでしょうか」

「目ですよ。なんです、その目。人間の目じゃない！」

「ああ、これですか」

櫟本は右の下瞼に指を当てた。櫟本の両目は黒目が大きくまん丸く、暗い海の底の色をしていた。遊馬が夢で見た怪異の目と、そっくり同じであった。

ぷくぷくと、瞳孔に時折泡が浮くのが見える。まるでその瞳の奥に深海が存在しているかのように。

「ふふ、ふふふ。わかるんですね。ふふ、いいですよ、教えてあげましょう」

櫟本が荒れた唇を三日月形に歪ませる。

「私のこの両目はね、神様からのギフトなんです」

「……ギフト？」

「私はね、一度死んでいるんですよ。海に身を投げたんです。自分の作品がまったく評価されなくて、借金も溜まる一方で、人生には絶望しかなかった。死ぬしかなかったんです」

櫟本は椅子に座ったまま、だらりと両腕を垂らし、語り始めた。遊馬はその場から動くことができなかった。視線だけは逸らさないようにと、じっと櫟本の不気味な目を見つめ返す。

「私の体は海の底に沈みました。本当ならそのまま息絶え魚の餌になるだけだった。

でもね、絶望の果てに辿り着いた海の底で、無鱗さまに出会ったんです。無鱗さまは私に、この両目を授けてくださった。この両目があれば、私はいつでも無鱗さまのお姿も、無鱗さまの暮らす世界の景色も見ることができるんです」

それはいつかのインタビュー記事に載っていたことと同じであった。樫本は、自らの瞳が映す怪異の世界を自らの作品に写し、世に出しているのだ。

「この目のおかげで世間が私の作品を認めるようになりました。皆が私の作品を評価し、求め、愛してくれる。あの日から私の人生はまるきり変わった。絶望しかなかったはずの未来が、今は希望しかないんです」

とても希望など抱いているようには見えない顔つきで、樫本は歪に笑い声を上げる。

「無鱗さまには感謝しかありません。あの神様が私の才能を認め、この目を授けてくださったから、今の私がいるのです。私は無鱗さまのためならなんだってする。どんな作品でも作ってみせる！」

甲高い声が響いた。

遊馬は知らず呼吸を止めていたが、どうにか意識してゆっくりと息を吐いた。震えている。強い恐怖を感じていた。今すぐここから逃げ出して、樫本も、怪異も関係しない場所に行きたかった。

　でも、そんなことはできない。自分は、がらくた堂の一員であるのだから。

「……樫本さん。あなたの作品のせいで、多くの人が行方不明になっているんです。あなたは皆の失踪に自分がかかわっていることを理解していたはずだ」

「ええ。そうです。すみません。何も知らないと、あなた方にも警察にも嘘を吐いていました。すみません」

「どうしてそんなことをするんですか？　自分の作品が世間に評価されるためなら、他人の命なんてどうだっていいって思ってるんですか」

　樫本を睨みつけた。震える唇を嚙み、両の拳を握り締める。

　ここに杠葉がいてくれたらどれほど心強いだろうと考えた。考えたところでひとりしかいないのだ。折れるわけにはいかない。

「まさか、そんなことは思っていませんよ。芸術とは、他人の目に見られて完成するものですから。人がいなければ私は作品を作れません。私は人を大事にしています」

　樫本は飄々《ひょうひょう》と答え、でも、と続ける。

「仕方ないんですよ。こればかりは。別に誰のせいでもない」

「仕方ない?」

「だって、無鱗さまが必要だとおっしゃったんですから。無鱗さまはこれから脱皮をされるそうです。脱皮をするには多くのエネルギーが必要で、十数人の人の血肉を食べないといけないとのことで」

私は餌を集める役目を仰せつかっただけなんですよ。

にやけながら、樫本は言った。遊馬は思わず体が動いた。

樫本の胸倉を掴み上げる。小馬鹿にしたような樫本の顔が苦しげに変わる。

「あんた、最初っから多くの人間が怪異に喰われるってわかってレリーフを作ってたんだな! 生贄のことも、全部知ったうえで!」

遊馬が怒鳴ると、樫本は顔を赤黒くしながらも、やはり笑みを湛える。

「怒ることはない。無駄ですから。ふふ、だってきみももう囚われている。きみも直に私の芸術の糧に……無鱗さまの、糧になる」

「なんだって?」

「気づきませんか? きみから……あの深海の臭いがしています」

遊馬はぱっと手を離した。樫本が床に倒れ込み、ごほごほと咳をした。

その姿に、泡が重なる。ごぽごぽと、咳《せき》ではない音が耳元で聞こえる。

「え、なんだ、何が」

「ほら、呼ばれるよ。きみも」

視界が揺らめき、世界が青と黒に染まっていく。なんだ、これは。潮の臭いがする。真っ白の砂。様々な生き物の骨。死の世界。泡。冷たい水。

蠢く鱗のない体。深海の色の目玉。裂けた口。

深い、静かな、海の底――。


――ブー、ブー。

ズボンのポケットが震え、遊馬ははっと我に返った。

樫本の作業場に立っていた。けれど樫本の姿は見当たらない。

ポケットはなおも震えている。遊馬は急いでスマートフォンを取り出し、通話ボタンを押した。

「はい、遊馬です」

答えると、スピーカーの向こうから聞き慣れた声が返ってくる。

『遊馬くん。こっちは無事に現地に着いたよ』

杠葉だった。遊馬はほっと緊張を解き、樫本がさっきまで使っていたはずの作業台に凭れかかる。

「よかったです。神埜島には行けそうですか?」

『まだわからないけれど、可能性はあるかも』

「そうなんですか。すごいじゃないですか」

『ところで遊馬くん。きみ今どこにいる?』

杠葉が言う。遊馬は一瞬言葉を詰まらせてしまった。

「え、あ、撫子さんのところ……」

『じゃないよね』

「ええ」

遊馬は狼狽える。なぜわかったのだろう。まさか撫子から連絡が行っていたのだろうか。

「か、樫本のアトリエに……」

観念して正直に告げた。スピーカーの向こうから手本のような溜め息が聞こえる。

『まったくきみは……なんのために撫子さんのところに行かせたと思ってるの』

「すみません……でも、樫本からいろいろ話を聞けたんです。杠葉さんに教えたいこともあって」

『うん、ありがとう。戻ったら聞くから、きみは今すぐ家に帰るんだ。いいね。僕らはまだ帰れないけれど、僕らが戻るまで大人しくしてるんだよ』

「はあい……」

通話を切り、スマートフォンをポケットに戻した。作業場内を見回してみたが、やはり樫本の姿はどこにもなかった。

外で待たせていたタクシーに乗り込み帰路に着く。遊馬はタクシーの運転手に、作業場から誰か出てこなかったかと訊いたが、あんた以外誰も出てこなかったよと言われた。

妙な胸騒ぎを覚えながら、遊馬は自宅へと帰った。ごぽごぽと、水の中にいるかのような音が、常に耳の奥で聞こえている。

○

気づいたときには川岸の草の中に立っていた。遊馬の住むアパートから近い場所にある川だった。

周囲に人はいない真夜中。遠くの街灯が点滅しているのがわかる。

遊馬は、なぜ自分が外にいるのかわからなかった。樫本の家から帰り、夕飯を食べたあとで疲れてすぐに眠ったはずだ。

しかし自分は今歩いて外に出ている。どうしてかわからないのに、足は自然と川のほうへと向かっている。

駄目だ、という思いと、行かなきゃという思いが混ざっていた。頭がうまく働かない。自分の意思とは無関係に足は進み続ける。

靴も履いていない右の足が水に浸かった。冷たさを感じるが、体は止まらない。海から遠いはずなのに潮の臭いがした。

そうか、と、遊馬は靄のかかる脳内で思った。川は、海に続いている。この場所は、海と繋がっているのだ。

理解したその瞬間、遊馬は川に身を投げた。大した深さはないはずなのに、遊馬の体はどんどん深く、暗闇の底まで沈んでいった。

○

夢を見た。

最近よく見る恐ろしい深海の夢ではなかった。

周囲は明るく、草花の咲き誇る美しい大地が広がっている。温かいと、遊馬は思った。見知らぬ場所であるのに、どこか懐かしさも感じていた。

ふと見遣ると、遠くに人影が見える。寄り添い合う男女の姿だ。

男のほうは、ひと目で人間ではないとわかった。若草色の長髪が地にまで伸び、額からは鹿のような角を生やしていたからだ。

男の傍らにいる女性は、一見して、普通の人間のようだった。遊馬はその人に見覚えがあるような気がした。

どこかで見たことがある。どこだろう。考えて、思い出す。祖父母と暮らした実家のアルバムの中だ。その女性を写した写真がたくさんあった。

遊馬の、母の写真だ。

——母さん。と、父さん？

男女はお互いを慈しみに満ちた表情で見つめ合っている。やがて、女性が自らの腹部に手を寄せた。白い着物の下はまだ膨らんではいなかったが、そこに命が宿っていることが遊馬にはわかっていた。

男は女の手に手を重ね、細い肩を抱き寄せる。幸福だと、ふたりの表情が語っていた。

無性に泣きたくなった。大声で泣いて、走って、ふたりのもとに行きたかった。

けれど足が思うように動かない。必死に踏み出しても、ふたりには近づけない。

——母さん！　父さん！

あなたたちの息子だよ。悠人だよ。

声は声にならない。それでも遊馬は叫んだ。

ふたりの目が、こちらに向いた気がした。柔らかく、この世の何よりも優しい表情で、ふたりは遊馬に微笑んだ。

遊馬は理解した。

そうだったのか。

——おれは。

父と母に、願われて、愛されて、生まれてきたのだ。

誰に疎まれようと、拒絶されようと、役に立たず、見捨てられようとも。最初から、誰かにとって、かけがえのない存在だったのだ。

この世界にたったひとりの、父と母の、子どもだったのだ。

○

目を覚ました。腰と背中に鈍い痛みを感じ、唸りながら体を起こした。暗くて周囲がよく見えない。波の音がすぐそばで聞こえており、濃い潮の臭いも辺りに漂っている。海辺にいるのだろうか。ただ、潮に交じり、何か別の匂いもしている気がする。

両の目尻に涙の跡があった。遊馬は手の甲で残った涙を雑に拭う。

何が起きたのか、すぐには理解できなかった。頭痛がして、一度瞼を閉じてからふたたび開ける。

星明かりが周囲の輪郭をわずかに浮かび上がらせていた。遊馬は岩場にいるようだ。いや……ここは、洞穴だろうか。自然な形で空間がくりぬかれており、一方はすぐに外へと繋がっていた。外と言っても海面だ。遊馬の足元の手前まで波がゆったりと押し寄せている。

こんな場所へ来た覚えはない。そもそもここがどこかもわからない。だとすると、怪異に呼ばれたのだろう。

意識と無意識の狭間で、川に落ちたところまでは憶えている。そのまま怪異の領域へと連れてこられたようだ。海に繋がる水辺からなら、どこからでも人を引き込むことができるらしい。

「目を覚ましましたか?」

声がして振り返る。樫本が、遊馬を見下ろしていた。

「樫本さん……あなたも来てたんですか」

「ええ。きみよりも先に。無鱗さまに呼ばれました。きっと、きみを見つけた褒美をくださるんだと思います」

「おれを……?」

遊馬は眉を顰める。

「無鱗さまは大喜びでした。遊馬さんと言いましたね、あなたひとりの肉で、百人の人間を喰うのと同じくらいの力を得るそうですよ」

「おれを生贄にする気ですか」

「無鱗さまがきみを選んだのです。私は誘《いざな》っただけだ」

樫本は薄ら寒い笑みを浮かべている。遊馬は怒鳴りたい気持ちを堪え、膝を立てて立ち上がる。

「ここは、どこですか」

「無鱗さまの世界への入り口です」

「……神埜島ですよね。潮の臭いに混ざって甘い匂いがしている。花梨の匂いだ」

遊馬が言うと、樫本は何も言わずに笑みを深めた。当たっているのだろう。

ここが神埜島だとしたら、近くに杠葉がいる。

「おれは、生贄になんてされる気はないです」

遊馬はスウェットのポケットに手を入れた。寝間着だがスマートフォンを入れていた。普段はポケットに入れながら寝ることなどないが、杠葉に肌身離さず持っていろと言われていたから、寝にくいなと思いながらも律義にポケットに突っ込んでいたのだ。

川に入ったはずなのにスマートフォンは生きていた。遊馬は通話アプリを開き、杠葉に電話をかけようとした。

そのとき。

激しい音を立てながら大波が洞穴に入り込んだ。体に強い波が打ち付け、遊馬はスマートフォンを手放してしまった。

波はすぐに引いていく。慌ててスマートフォンを捜そうとしたが、遊馬はふと、手を止めた。手どころか、体中が恐怖で竦み、動かなくなった。

洞穴の外。暗い真夜中の海面に——遊馬の眼前に、巨大なウツボの顔があった。

鱗のないぬめった肌。深海の色をした巨大な目。大きく裂けた口から、無数の牙が見えている。

「……」

海面から突き出た頭部だけでも相当の大きさがあった。全長はどれほどになるのだろうか。これが、今回の事件の大元である海の怪異。

神だ、などと、一体誰が言ったのだろう。

こんな醜い生物が神のわけがない。紛れもない、化け物じゃないか。

「無鱗さま」

樫本が声を上げる。遊馬は、感情のない化け物の目玉から目を離せない。

生臭い、強烈な臭いが鼻をついていた。心臓が弾《はじ》けそうなほどに鳴っている。

——キシキシ。

金属音に似た音が聞こえた。怪異の鳴き声であるようだ。

遊馬には、その音が言葉となって聞こえる。

【神の子が手に入るとは】

　ウツボの怪異は何度も繰り返しそう言っている。
息の仕方がわからなかった。冷や汗一滴出なかった。指先すら動かせず、遊馬は
ただ、耳障りな音を聞き、怪異の目を見ていた。
「無鱗さま、こいつを見つけられたのは私の作品のおかげです。私があなたのため
に、神の子という極上の餌を見つけたんです」
　固まる遊馬を押しのけ樫本が前に出る。
「だから褒めてください。そしてもっと、もっと、常人には及びもしない世界を私
に見せてください！」
　膝まで海に入り込み、樫本は懇願した。怪異の虚ろな目玉がぎょろりと動き、樫
本に向けられる。
　キシキシと、牙の隙間から音がする。
【もういらない】
　怪異はそう言った。次の瞬間、樫本の顔から何かがぼとりと海に落ちた。
「え？」
　間の抜けた声の直後、樫本の悲鳴が轟いた。樫本は両目に手を当てながら、洞穴
の中をのたうち回った。

白濁した球体がふたつ、海面に浮かび、やがて沈んでいった。悶《もだ》え苦しむ樫本の両の眼窩《がんか》に眼球はなく、ただ空洞があるだけであった。

——キシキシ。キシキシ。

最早音は言葉として聞こえない。怪異の口がびきびきとさらに大きく裂けていく。上下に顎が開かれた。上顎のすべてに赤黒い牙が生えていた。

強烈な腐臭が漂う。胃液が喉元まで込み上げ、見開いたままの目に涙が溜まる。

「……っ」

死ぬ。喰われる。逃げなければ。逃げられない。体が動かない。動いたとしても、どこに逃げればいい。

わからない。もう駄目だ。死にたくない。死にたくない。

怪異の息が体にかかる。遊馬は咄嗟にきつく目を瞑る。

激しい波の音がした。

しぶきが顔にかかり目を開けると、ウツボの怪異が絶叫しながら海に引きずり込まれていくのを見た。

「……な、何?」

怪異は悲鳴を上げ海中に消えていく。暴れる怪異によって海が荒れ、激しいしぶきが洞穴まで入り込む。

まったく状況が摑めず困惑しながらも、波に引き込まれないよう洞穴の奥に逃げた。一体何が起きたのか、わからないまま呆然と海を見ていると、やがて波は治まっていった。怪異はなぜか海面に戻ってこない。

「遊馬くん！」

ふいに声がした。

見ると、洞穴の外の岩場に杠葉の姿があった。杠葉は海のほうを気にしつつ、必死に遊馬に手招きしている。

「ゆ、杠葉さん？　なんでここに」

「あとで話すから早くこっちに」

「は、はい」

遊馬は震える太腿《ふともも》を叩き、杠葉のもとへ駆け寄った。膝まで海水に浸かりながら、なんとか杠葉の立つ岩の上によじ登る。

遊馬たちがいたのは神埜島の裏側、断崖絶壁の下部にある洞穴だった。杠葉につられ上を見ると、絶壁の上に御剣と撫子がいた。

「おい、遊馬チャン無事か！」

「あらあ遊馬くん、食べられなかったんだね。よかったぁ」

「御剣さん、撫子さんも？」

「御剣くん、登るよ。ロープが外れないように見ていてくれ」

「任せな！」

御剣たちのいるところから下まで、ロープが一本垂れ下がっていた。杠葉はそれを掴みながら、断崖に足をかけ登っていく。

遊馬も続こうとした。けれど、ロープを握ったところでふと引き返し、洞穴を覗き込んだ。洞穴の中にはまだ波が入り込んでいる。その奥で、両目を失った樫本が蹲っている。

「樫本さん！」

遊馬は叫んだ。樫本がゆっくりと顔を上げる。

「こっちへ、早く！」

遊馬が手を伸ばすと、樫本はふらふらと立ち上がり、壁を伝いながら歩いてきた。押し寄せる波によろけながらも、どうにか入り口付近まで辿り着き、骨ばった手を遊馬に向ける。

「あと少しです。もう少し、伸ばしてください」

遊馬も必死で腕を伸ばした。あと、ほんの一センチ。たったそれだけで指が触れるというとき。

樫本が、ないはずの目で、遊馬を見た。

「……え？」

遊馬の視界に、樫本の体が海へ倒れていくのが、はっきりと映っていた。

遊馬が手を摑もうとするより先に、樫本の姿は波間に消えた。

「か、樫本さん！」

「遊馬くん、早く」

紅葉が呼ぶ。紅葉はすでに上まで登りきっている。

遊馬は唇を嚙み、両目を強く擦ってからロープを握った。弾ける波から逃れるように必死に崖を登り、どうにか島の陸地に辿り着いた。

「はあ、はあっ。助かった……」

地面に両手を突き項垂れる。その遊馬の背を御剣が叩く。

「おいおい遊馬チャン。気を抜くんじゃねえぞっつったろ。ったく、生きててよかったぜ。命より大事なもんはこの世にねえからな」

「はい……あの、ありがとうございます」

遊馬は顔を上げた。御剣が仁王立ちで笑っていた。

遊馬の隣では、杠葉が潮に濡れた髪を掻き上げている。

「本当、遊馬くん、勘弁してよ。もう駄目かと思った」

「す、すみません」

「でも無事でよかったけどね」

すみません、と遊馬がもう一度小さな声で言うと、杠葉は呆れたような顔で苦笑いした。

断崖の際では、いつもとは違うジャージ姿の撫子が、双眼鏡を手に海を見ている。

「もぉ、何が何だか。さっきから海しか見えないよぉ。ねえ遊馬くん、どうなってるの？　ウツボちゃんどこに行っちゃった？」

撫子は方々に双眼鏡を向けていた。杠葉と御剣は遊馬を助けに来てくれたようだが、撫子は怪異を見に来たらしい。

「えっと、ウツボ、さっきまでいたんですけど、急に海中に潜ったというか、引きずり込まれちゃって。どうなってるのかはおれにもさっぱり」

島の周囲の海面は少しずつ静かになっていた。柔らかな波の音だけが辺りに漂っている。

なんだったのだろうか、怪異はどこに行ったのだろうか。

そう思った瞬間。

激しい波飛沫《しぶき》を上げ、ウツボの化け物と――巨大な鮫《さめ》の化け物が、海面に高く飛び上がった。

鮫はウツボの首に喰らいつき、ウツボは悲鳴を上げている。ぶちりと鮫がウツボの首を食い千切り、緑の血飛沫が舞った。ウツボは頭を捥《も》がれても身をくねらせ鮫を締め上げる。

数十秒間、恐ろしい化け物たちは海面で暴れ狂った。そして、鮫がウツボの頭を嚙み砕くと、やがて二体とも海の底へと姿を消した。

遊馬も、杠葉も御剣も、言葉を発することはできなかった。撫子だけは、悲鳴にも似た歓声を上げ続けていた。

怪異たちが消え数分が経ち、海は、何事もなかったかのように静かになる。

柔らかな潮の匂いと、花梨の香りだけが漂っている。

「何が、起きたんですか」

しばらくしてから、ようやく遊馬は口を開いた。目の前で起きたことの何ひとつとして理解できていなかった。

　杠葉が「うん」と頷く。

「撫子さんの助言を聞いたんだ。撫子さんは、この島に花梨が植えられていた意味から、あのウツボの怪異が何から、逃げていたのかを悟った」

　撫子が可愛らしく笑う。

　杠葉は、事の次第をこう語る。

　撫子には海の怪異と花梨との関係性について、思い当たることがひとつあった。花梨の匂いを嫌うとある怪異の伝承があったのだ。

　その怪異は、南の地方に多く言い伝えの残る鮫型の怪異であった。鯨よりも大きな体を持ち、漁師を舟ごと次々喰らったとされるその怪異は、けれど花梨の香りをひどく嫌った。室町時代、ある僧侶が海に花梨の果汁を流し、怪異の気を失わせたこともあったほど。結局その僧侶は怪異を斃《たお》すことはできなかったが、見事片目を抉《えぐ》り取ってやったとか。

「つまりあの花梨は、ウツボの怪異が鮫の怪異を寄せ付けないために人間に植えさせたもの。言い換えれば、ウツボは鮫を避けていたんだ。天敵だったんだね」

　恐らく、かつてはウツボの怪異も南の地方に棲んでいた。しかし鮫の怪異に棲み処を追われ、この北陸の海へとやって来たのだ。

「だから鮫の怪異をウツボにぶつければ、ウツボを斃せるんじゃないかって」

「撫子さんがそんなことを？」

「いや、それは御剣くんが」

杠葉がちらと顔を上げる。御剣は頭に手を当ててとぼけた顔をしていた。

「まあ、正直それは最終手段だったんだけど、遊馬くんがここに連れてこられたことがわかったから、もうなりふり構っていられなくて、その作戦に乗ることにしたんだ」

杠葉がぐっと腕を伸ばし立ち上がる。遊馬も立とうとしたが、気が抜けてうまく脚に力が入らなかった。

杠葉が伸ばした手を摑む。自分の両足で地面を踏みしめ、立ち上がる。

「でも、よくうまいこと鮫を連れてこられましたね。花梨があるから、来ないんじゃなかったんですか？」

「餌を撒いたんだよ。花梨など無意味になるくらいの強烈な餌をね」

「それは、どういう……」

「鮫は、数百年前に失った自分の左目を取り返しに来たんだ。この海に彼の左目を投げ捨てたら、案の定すぐに現れてくれたよ」

こんくらいのな、と御剣が両手で円を作る。サッカーボールほどの大きさの目玉だった。撫子が東京からここまで持ってきてくれたらしい。

「いやいや、持ってきたって。それで鮫が来たってことは、本物ってことですよね。ま、まさか、撫子さんがコレクションしてたんです？」

「まさかぁ。わたしのだったら、絶対手放さないもん」

撫子は唇を尖らせる。

「で、ですよね。なら、どこに」

知らないほうがいい気もしたが、遊馬は怖いもの見たさで杠葉に問いかける。

「うちの倉庫にあった」

もう笑うしかなかった。そして、がらくた堂の地下倉庫には絶対に入らないようにしようと遊馬は心に決めたのだった。

空が白む。夜が明ける。

海面は静かで、もう、怪異が姿を見せる様子はない。

「帰ろうか」

杠葉が言う。遊馬はぐっと空に腕を伸ばして、

「はい」

と返事をした。

○

数日後、人気彫刻家の樫本真二郎が行方不明になっていると各所で報道された。

関係者は慌てふためいているだろうが、遊馬は変わらず、いつもどおりの生活を送っている。

アパートの部屋で目を覚まし、朝食を食べて家を出る。大家さんに会ったら挨拶をして、ロードバイクに跨がり、がらくた堂に出勤する。

今日もいつもどおり、店先で暇を持て余した。変わらない日常。でもふとしたときに、最後に見た樫本の姿が目に浮かんでくる。

「樫本や怪異が死んでも、いなくなった人たちは戻らないんですよね」

店内の埃をはたきながら、遊馬はひとりごとのように言った。

カウンターで本を読んでいた杠葉が顔を上げる。

「そうだね。でもこれから先はもう犠牲者が出ることはないし、遊馬くんも生きてここにいる」

はい、と遊馬は答えた。何を考えても過去は変えられない。失ったものも戻らない。生きているのだから、生きていくしかないのだ。

「海神も、探さなきゃいけないですしね」

遊馬が言うと、杠葉は「そうだね」と答えた。

ウツボの怪異は海の神などではなかった。杠葉の弟を連れ去った怪異は、まだ遊馬たちの前には現れない。

「無鱗さまが海神じゃなくてよかったよ。壱路があんなのの妻にされてたら堪ったもんじゃない」

「まあ、はい。口も臭かったですし」

「最悪だね」

杠葉が笑う。遊馬も、小さく笑い返す。

水に攫われたときに見た夢を、遊馬ははっきりと憶えていた。神隠しに遭った母と、神である父の姿があった。

夢は、ただの夢かもしれない。けれどももしもあれが、神の子の力が見せた本当の記憶なのだとしたら……遊馬の母は神のもとで、幸福に生きていたのだ。

ならば、杠葉の弟ももしかすると。

なんてことは、弟を捜し続けている杠葉には、とても言えないが。

「あ、そういえば、聞き忘れてたんですけど」

ふと思い出し杠葉に訊ねる。

「あのとき、なんでおれが神埜島にいるってわかったんですか?」

結局、杠葉に助けを求める電話はできなかった。家に痕跡も残していなかったため、遊馬が神埜島にいることを知る方法などなかったはずだ。けれど杠葉は最初から、遊馬があの島の洞穴にいることをわかっていたようだった。

「ああ、GPSで居場所を見てただけだよ」

あっけらかんと杠葉は言う。遊馬は口をぽかんと開けた。

「じ、じーぴーえす?」

「うん。遊馬くんのスマートフォンに入れてあったから。僕のほうで確認できるようにしてあるんだ。だから肌身離さず持っていてって言ったんだよ」

「いや、いや、え?」

遊馬の使っていたスマートフォンは、社用電話として杠葉に買ってもらったものだ。私用でも自由に使っていいと言われており、使用料金もすべて杠葉が払ってくれていた。

「あ、や、え、あの、もしかしてこれも?」

遊馬はポケットから真新しいスマートフォンを取り出す。神埜島で無くした機種の代わりに買ったものだ。もちろん杠葉が用意してくれた。

「うん。そうだよ」

「あっ、ええ……いや、まあ、別にいいんですけど」

「心配しないで。きみの私生活を覗き見るつもりはないから、有事の際にしか使用しないよ。ただ僕はもう、大事なものには失くす前に鎖をつけておこうって決めてるんだ」

杠葉はくすりと笑い、手元の本に視線を戻した。

遊馬は戸惑いながらも、はたきを持った手を動かし始める。

困惑はした。同時に、変かもしれないけれど、嬉しさも感じていた。杠葉にとって遊馬は失いたくない大事な存在なのだと、知ることができたから。

遊馬の身が危ないとき、危険を冒してまでも救いに来てくれる。だから遊馬も杠葉にとって、もっともっと、支えになれる人間でありたいと思う。

「杠葉さんって、おれのこと、仕事にそこそこ役立つ一従業員と思ってるだけだと思ってました」

商品についた埃を落としながら言った。

紅葉が、目を丸くしてこちらを見た。

「何言ってるの。僕は結構、きみのことを大切にしてるつもりなんだけど」

心外だ、と言いたげな顔を向けるから、遊馬はつい笑ってしまった。

今日も朝から客が来ない静かな昼下がり。

けれど店の外から声がする。

「すみません」

遊馬は振り向いた。

店先に佇《たたず》む、何かに悩んだ顔の人に向かい、遊馬悠人は微笑みかける。

「いらっしゃいませ。ようこそ怪異相談処、がらくた堂へ」

本書は書き下ろしです。

本作品はフィクションです。実在の個人、団体とは一切関係ありません。（編集部）

実業之日本社文庫　最新刊

沢里裕二
処女刑事　京都クライマックス

祇園『桃園』の舞妓・夢吉は逃亡するも、寺へ連れ込まれ、坊主の手で…。この寺は新興宗教の総本山で、悪事に手を染めていた。大人気シリーズ第9弾！

さ318

西村京太郎
十津川警部　小浜線に椿咲く頃、貴女は死んだ

十津川の妻・直子は京都の女子大学時代の仲良し五人組と同窓会を開くことに。しかし、その二日前に友人の一人が殺される。死体の第一発見者は直子だった―。

に128

東野圭吾
クスノキの番人

不当解雇された腹いせに罪を犯し、逮捕されてしまった玲斗のもとへ弁護士が現れる。依頼人の命令に従うなら釈放すると提案があった。その命令とは……。

ひ15

南 英男
毒蜜　冷血同盟

窃盗症のため万引きを繰り返していた社長令嬢を恐喝し、巨額な金を要求する男の裏に犯罪集団の異常な野望が!?　裏社会の始末屋・多門剛は黒幕を追うが―。

み729

実業之日本社文庫 お112

怪異《かいい》相談処《そうだんどころ》　がらくた堂奇譚《どうきたん》

2023年4月15日　初版第1刷発行

著　者　沖田円《おきたえん》

発行者　岩野裕一
発行所　株式会社実業之日本社
〒107-0062　東京都港区南青山 5-4-30
emergence aoyama complex 3F
電話［編集］03(6809)0473［販売］03(6809)0495
ホームページ https://www.j-n.co.jp/
ＤＴＰ　ラッシュ
印刷所　大日本印刷株式会社
製本所　大日本印刷株式会社

フォーマットデザイン　鈴木正道（Suzuki Design）

ISBN978-4-408-55800-4（第二文芸）